花间集精赏

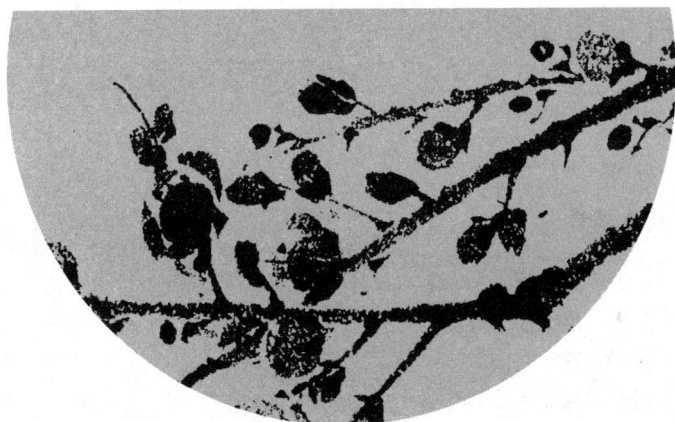

石蕴辉　著

北京联合出版公司
Beijing United Publishing Co.,Ltd.

图书在版编目（CIP）数据

花间集精赏 / 石蕴辉著 . -- 北京 : 北京联合出版
公司 , 2019.10（2023.10 重印）

ISBN 978-7-5596-3670-6

Ⅰ . ①花… Ⅱ . ①石… Ⅲ . ①花间词派 – 词（文学）–
文学欣赏 – 中国 Ⅳ . ① I207.23

中国版本图书馆 CIP 数据核字 (2019) 第 191064 号

花间集精赏

著　　者：石蕴辉
出 品 人：赵红仕
责任编辑：管　文
封面设计：韩立强
内文排版：刘欣梅

北京联合出版公司出版
（北京市西城区德外大街 83 号楼 9 层　100088）
河北松源印刷有限公司印刷　新华书店经销
字数 210 千字　880 毫米 ×1230 毫米　1/32　8 印张
2019 年 10 月第 1 版　2023 年 10 月第 8 次印刷
ISBN 978-7-5596-3670-6
定价：36.00 元

前言

　　花间词是花间词派的作品，诞生于晚唐五代，因西蜀赵崇祚编辑的《花间集》而得名。《花间集》辑录了温庭筠、皇甫松、孙光宪、韦庄、和凝、薛昭蕴、牛峤、张泌、毛文锡、牛希济、欧阳炯、顾夐、魏承班、鹿虔扆、阎选、尹鹗、毛熙震、李珣等人的五百首词作，后人遂称他们为花间词派。

　　花间词派以温庭筠为鼻祖，"花间"两字出自花间词人张泌"还似花间见，双双对对飞"一句。花间词在词的发展史上占有重要的地位，有着巨大的影响。

　　一般来说，词以长短分类："慢词"最长，自九十至二百多字，也称为"长调"；自五十九至九十字为"中调"；五十九字以内为"小令"。《花间集》所收录的只有小令和中调，没有长调，这并不是故意的人为，而因自晚唐至五代慢词还没有发展出来。

　　《花间集》产生的年代，没有大唐的雍容华贵，亦没有宋代的空旷清明。它虽然承接了唐朝的雄浑豪放，却也因战乱而羁绊。在这阳春白雪与下里巴人相融合、美与丑并存的时代中，小词小令开始登场，尽情演绎属于自己的繁华与寂寥。

花间词主要写两情相悦之事、离别相思之情、风光旖旎之美、旅愁思乡之苦。其风格浓艳香软，辞藻华丽，也有一些作品比较清丽自然，境界高远。

它像是一个倚栏远眺的女子，优雅而感伤。闺房之中，是华丽屏风、水晶珠帘、玲珑香炉、缱绻红帐、鸳鸯被衾、落泪残烛、幽怨古琴；院落之内，是明媚春光、摇曳柳枝、清脆鸟啼、夭夭桃花、惆怅丁香；思念之时，是满地落红、皎洁明月、华美栏杆、滚滚江水、点点白帆；爱情之中，是澄碧的初恋、欢心的陪伴、绵长的相思、迤逦的回忆、痴绝的誓言。初读时，只觉惊艳；咀嚼之，清雅醇美；细细体悟，则让人陶醉。

本书遴选了温庭筠、韦庄、薛昭蕴、毛文锡、牛希济等人的经典词作，典雅流美，格调高雅。轻轻翻开花间词的词卷，便是千年之前窸窸窣窣的往事。读一首词，做一个旖旎的美梦，如此这般美事岂不快哉。

目录

一 倾心相遇，今生缘起

醉卧桃花，相思入画

爱由何来，恨从何去

有情处处皆风景

美丽的传说，让人心醉

人生苦短，芳华易逝

倾心相遇，今生缘起

湖光滟滟，俏面满羞赧

——皇甫松《采莲子·船动湖光滟滟秋》

船动湖光滟滟秋（举棹）^①，

贪看年少信船流（年少）^②。

无端隔水抛莲子（举棹）^③，

遥被人知半日羞（年少）。

【注释】

①滟滟：水光摇曳晃动。

②信船流：任船随波逐流。

③无端：无故。

【花笺沁香】

初恋，总是带着一丝暧昧、几许羞赧。那时的快乐总是像被风吹起的蓝色百褶裙一般，是那种干净的浪漫。而那时的忧伤，亦是纯粹如水晶的淡淡哀愁。那时，一首带着谐音的小情歌，偷偷地将掩藏于心的爱恋，悄悄传给风，再让风当使者，将密绵的温柔抵达爱人灵魂深处。时光如水，回头看时，才知道年少的爱情，总是那么简单。

那一个秋日，不知是谁将蓝色墨水打翻在了天上，抬头望时只觉那一片耀眼的蓝，让人忘记了呼吸。恰巧倒映在一面平静的湖上之时，湖水亦是碧波如洗。风不紧不慢地吹来之时，湖水渐渐起了波澜，滟滟如美人的妩媚眼波。采莲女乘着一叶小舟轻轻荡来，小舟划开深深水痕后又渐渐平静。任是谁看到这般动静相宜的水墨画，都会沉醉其中。"船动湖光滟滟秋"，短短七字便描摹了一幅极富诗情画意的秋景图，宁静安逸。

微风拂面，荡起层层涟漪，更吹皱了采莲女平静的心：贪看年少信船流。采莲女泛舟湖上时，看见了一位英俊的男子，并心生爱慕，动情地望着心上人，以致忘了划船，让船随波漂流。就是在此时此刻，女子爱情的轮盘轻轻转动，转到了最绵丽最温暖的一齿。

采莲女"贪看年少"仍不满意，故而主动地"无端隔水抛莲子"，向心上人投去了莲子。"莲"，即是"怜"，爱情到来之时，痴痴的女子总是抑制不住碧波的荡漾，即使不低到尘埃中，也要半遮半掩地让对方知晓自己的爱慕之心。主动示爱，难免羞赧，"遥被人知半日羞"，远远感知恋情洒满整个湖泊，被人知晓，自然娇羞满面。故事至此戛然而止，后人并不知晓采莲女与其心上人的感情如何，这样也好，言毕不如留白，遗留些空白给读者也是好的。

清代陈廷焯在《白雨斋词话》中说："皇甫子奇词，宏丽不及飞卿，而措词闲雅，犹存古诗遗意。唐词于飞卿而外，出其右者鲜矣。五代而后，更不复见此笔墨。"这首《采莲子》便是体现其艺术成就的最佳佐证。

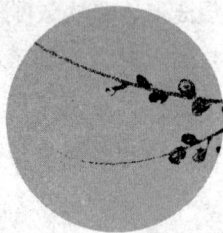

旧时欢愉，别后伤怀

记得那年花下，深夜，初识谢娘时。水堂西面画帘垂，携手暗相期^①。

惆怅晓莺残月，相别，从此隔音尘^②。如今俱是异乡人，相见更无因^③。

【注释】

①相期：互相期许爱慕。

②音尘：音讯。

③无因：没有机会。因，机会。

【花笺沁香】

柳暗花明的街角、烟雨蒙蒙的江南、莺啼蝶舞的春日，总是会发生美丽的故事。旖旎风光已足够让人沉醉，如若再有两心相许的爱情，这或许是上天最慷慨的馈赠了。韦庄就是这般幸运，在景致迷人眼、醉人心时，与他中意的女子不期而遇。

说起"邂逅"二字，总叫人红了双颊。那一日，夜色浓如墨，静谧深澈，像是一个猜不透的谜语。花香携着丝丝缕缕的暧昧，在风中轻轻荡着秋千，让人一闻即醉。他辗转无眠，索性披上衣衫，独自来到水堂西侧享受夜的静默之美。恰恰一位女子映入眼帘，她只是寻常梳妆，略施粉黛，但容颜之姣好，姿态之清丽，已堪与百花媲美。两人四目相对的那一刻，像是磁石的两端，瞬间便被吸引。

水波粼粼，画帘低垂，他与谢娘携手倾诉衷情，相期永好。意气相投，像是琴与瑟、藤和树、光共影、星伴月、水绕山。你的心意我最在意，才最珍贵。

然而旧时光愈是欢愉，别后便愈是伤怀。残月将尽，耳畔传来清晨的莺语，携手相约仿佛就发生在昨天，然而离别却不容分说地将两人横亘开来，让他们天各一方，彼此杳无音信。而今以后山水都能相拥，日月都能遥望，他和她却永不相逢。

叶嘉莹的《唐宋词名家论稿》曾对温庭筠和韦庄的词做了比较："韦庄词与温庭筠词有绝大之不同，温词客观，韦词主观；温词秾丽，韦词清简；温词对情事常不作直接之叙写，韦词则多作直接而且分明之叙述。"韦庄将笙歌宴饮之乐变为抒发自己主观情感的作品，使词这一文学形式在内容上有了较大的转变。这是其词作的最大的特点，也是他在词史上的贡献之一。

青黛翠鬟落梅妆，入眼入君心

——牛峤《酒泉子·记得去年》

记得去年，烟暖杏园花正发①，雪飘香。江草绿，柳丝长。

钿车纤手卷帘望②，眉学春山样③。凤钗低袅翠鬟上④，落梅妆⑤。

【注释】

①杏园：古代园名，在今陕西省西安市郊大雁塔南。

②钿车：金玉装饰的车。

③学：仿照。

④袅：绕。

⑤落梅妆：即"梅花妆"。古代妇女面部的一种妆饰，即在额上点出梅花形。

【花笺沁香】

远山眉，含着若有若无的情意，又带着淡淡的哀愁。这般女子，让人心疼，亦让人爱怜，甘心情愿用一生去守护，那美中的哀伤，哀伤中的美。

纵然去年的日历已在风中销声匿迹，她的身影却时隐时现，像是永不凋零的花瓣，散发着浅浅淡淡的馨香。又到了杏花绽放的时节，阵阵春风拂来，烟岚雾绕，倒像是一场缤纷的梦。梦中枝头的杏花，飘飘洒洒，幻化成了一瓣瓣洁白如脂的雪。再放眼望去，萋萋碧草铺满了曲江两岸，那如女子婀娜腰肢的柳条，在暖风的吹拂下，荡秋千似的轻轻扫过江水，又轻轻滑过翠草。

恰恰这时，词人的身旁不紧不慢地路过一辆香车。车中女子用纤纤玉手，轻轻掀开了绣着鸳鸯图案的帘帷，带着一丝羞赧和一丝大胆，向车外张望。当她看到一个面容清秀的男子正停下脚步看她时，又忙不迭地放下窗帷，躲进小小的香车中。殊不知，她的眉眼已被词人窥了去。她新画的黛眉像是不远处若隐若现的春山，翠鬟上的凤钗稍稍低坠，在她抬头低首间微微颤动，那额间点画着的梅蕊更添一分娇艳。虽是不经意间的一瞥，却入了他的眼，动了他的心，让他在这明艳的春日，再看不见其他景观，他已然对她产生了倾城之恋。

牛峤为当朝宰相牛僧孺之孙，自然少年无忧，教育良好，风流倜傥，颇有世家公子的姿态。他懂得浪漫，亦懂得如何去获得美丽女子的芳心，他不同于在角落偷偷窥望心上人的温庭筠，亦不同于"天地合，乃敢与君绝"的韦庄，他自有一种风轻云淡却又敢于用情的风范。故而，他的词作"哀而不伤"，回忆往事，像是再一次与之深深爱恋。这首《酒泉子》实为经典之作。

闻香而醉，逐香而行

晚逐香车入凤城[1]，东风斜揭绣帘轻，慢回娇眼笑盈盈。

消息未通何计是，便须佯醉且随行，依稀闻道太狂生[2]！

【注释】

①凤城：京城。清代学者仇兆鳌《杜诗详注》引赵次公《杜诗注》："秦穆公女吹箫，凤降其城，因号丹凤城。其后，言京城曰凤城。"

②太狂生：太狂了。生，语助词。

【花笺沁香】

李冰若在《栩庄漫记》中对张泌的这首《浣溪沙》有一个公允的评价,其云:"子澄笔下无难达之情,无不尽之境,信手描写,情状如生,所谓冰雪聪明者也。如此词活画出一个狂少年举动来。"这年少轻狂的姿态,正因香车中妙曼女子的一个盈盈回眸而起。

那一日黄昏之时,游春之人纷纷而归。行路中人来人往,香车碾转。倏然间,在入京的官道上,一辆华丽的香车由远而近,迤逦而来。如若单单是这样,也便引不起旁人的注意,偏偏在距香车不远处,一个游春兴尽欲归的男子,骑着白马在车后尽力而追。

嗒嗒的马蹄声,清脆的铜铃声,为这场浪漫且尚不知结局的追逐,更添一番情趣。或许,在一个转角之后男子便无果而停,然而张泌笔下的故事,从不是这样无味的结局。正在男子不知所措、不知进退之时,多情缠绻的东风轻轻斜斜地掀起了香车镶着淡紫色花边的帷幕,坐于其中的女子便也在轻风的促使下,柔柔曼曼地探出头,朝着疾驰而来的男子妩媚一笑。

这一笑或是女子有意的鼓励,抑或是对男子可笑行径的讥讽,无论是何种用意,对男子来说都像是一剂勾魂的迷药。他从那斜斜飞起来的帷帘中,瞥见了她如花如月的容貌,闻见了浓而不腻的体香,尤其是那盈盈如露珠的眉眼,使他怦然心动。

男子在原地怔了好一会儿,回过神来之时,香车已远。如若不追,于心不忍;如若追下去,却又不知是何结局。"便须伴醉且随行",也只好假装吃醉酒,紧紧追着香车不放。谁知车中女子却道了一句"太狂生"。男子的醉酒是假的,而女子的怒骂亦是假的,萍水相逢却两两有情才是真。追香车,逐爱情,在韵脚铿锵的美丽词句中,划下了一道夺目的弧线。

倩影萦绕，书不尽相思

马上凝情忆旧游①，照花淹竹小溪流，钿筝罗幕玉搔头②。

早是出门长带月③，可堪分袂又经秋④，晚风斜日不胜愁。

【注释】

①凝情：犹言痴情，这里指情致专注。

②钿筝：以金为饰的筝。罗幕：用丝织的帐幕，质地轻盈。

③早：经常、常常。带：通"戴"。

④袂：原指衣袖。分袂，指代分别。

【花笺沁香】

游子离乡远游,一路上车马劳顿,却沉浸在对往昔美好时光的追思中。他深情的眼眸,看到的不是沿途的风光,而是旧日和心上人一起出游时的情景:潺潺的溪水清澈见底,倒映着岸上的姹紫嫣红和翠绿竹林。一位身着罗绮的妙龄少女袅袅娜娜向他走来。从女子指尖淌出来的古琴声,与溪水声应和,流利婉转。游子凝神屏气地听着,又见那女子发髻上的玉簪也随曲声轻轻晃动,仿佛晃过了他的心尖儿。

梦就是在这样一个让人心醉神迷的时刻醒来的。醒来之后,他才发现自己身在异乡,眼前都是不熟悉的风景与人事。这种恍若隔世的感觉,更使他感到内心刺痛,于是便格外怀念梦中人、梦中事。思念就这样在天地间蔓延开来。他本来已经习惯了辗转奔波,然而每一次分离,依然心如刀割,泪流千行。时光荏苒,不知不觉又到了秋天,寒蝉凄切,晚来风急,在这萧瑟的时节,人自然会对温暖生出更多的眷恋与向往。夕阳西下,游子心头的痛楚像秋日寒意那般渐浓,如此漫漫长夜,恐怕又要在相思中度过了吧!

花间派词人张泌擅长艳词,笔下深闺内帏的男女情事总是深情款款,腻甜而忧伤。这首《浣溪沙》却显得不同,自有一股空灵透脱,没有男女卿卿我我,没有动人的情话,只有浓浓深情萦绕于淡淡回忆里。他想念佳人的倩影,又觉有悠悠琴声荡漾于耳际,这样的思念,不见情欲轻薄,更多发自内心的眷恋,更多几分醉人的滋味。

世间无数痴男怨女,深陷相思无法自拔,皆因一个"情"字。问世间情为何物?直教人生死相许。只要情意未消,相思就会绵延不绝,纵然文人墨客有如椽大笔、华丽辞藻,却书得尽诗词,书不尽相思。

君不在，梳妆为谁看

——张泌《江城子·碧阑干外小中庭》

碧栏干外小中庭，雨初晴，晓莺声。飞絮落花，时节近清明。睡起卷帘无一事，匀面了①，没心情。

【注释】

①匀面了：擦脂粉完了。了：时态助词，表示动作已完成。

【花笺沁香】

"在有生的瞬间能遇到你，竟花光所有运气。"林夕笔尖流露出来的情愫，实在氤氲到了人们心底。转角遇见之时，仿若是时光倒流，仿若已然与这个人相识了三世三生，而这一次遇见，不过是久别重逢。正如《红楼梦》中贾宝玉初遇林黛玉时，竟然说："这个妹妹我曾见过的。"贾母笑道："又胡说了，你何曾见过？"宝玉笑道："虽没见过，却看着面善，心里倒像是远别重逢的一般。"这便是看不见亦摸不到的缘分吧，待命盘转至彼此相合的那一齿，相遇便是自然的事，而相爱亦是命中路数。

不论日后命盘转动得如何剧烈，相背或是离散，最初的美则永远像不干涸的湖泊，在风起的日子，闪起粼粼波光。《花间集》中不乏写男女初遇之词，而写得最富深情却又灵动且又有新意的则莫过于张泌的这首《江城子》。

一夜淅淅沥沥的绵雨之后，清晨阳光穿透晓莺清脆婉转的歌声，落到女子的庭院中。清明时节，被雨水打湿的花瓣落了一地，美丽而凄凉。李冰若于《栩庄漫记》中云："'飞絮落花，时节近清明'，流丽之句，却富伤春之感。"确为公允之评。

当女子晨起，看到外面落花狼藉、杨柳飞绵，却没有捡拾落花插于耳鬓的兴致，且又不愿做些针黹女工之事，只得看着阳光洒满她的窗棂，铺展到她的梳妆台上。她轻轻拿起脂粉，缓缓将其在两颊上抹匀。"'无一事'，不消匀面；'匀面了，没心情'，连匀面也是多的。"汤显祖于《玉茗堂评〈花间集〉》中如是说，女为悦己者容，他不在身边，穿红插翠又给谁看呢？

那曾经倏然间便进入眼帘的人，已成为旧时光的一个符号，只在锁起来的日记本的边边角角发出幽幽之光。然而，当钥匙轻轻转动，纸页翻开时，仿若又一次与过去一见钟情，禁不住怦然心动。木心先生所言极是："确是唯有一见钟情，慌张失措的爱，才慑人醉人，才幸乐得时刻情愿以死赴之，以死明之，行行重行行，自身自心的规律演变，世事世风的劫数运转，不知不觉、全知全觉地怨了恨了，怨之镂心恨之刻骨了。"

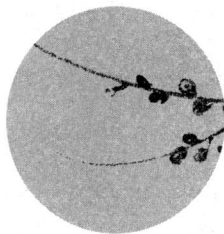

莫多情，更觉多情

——张泌《江城子·浣花溪上见卿卿》

浣花溪上见卿卿，脸波明①，黛眉轻②。绿云高绾③，金簇小蜻蜓。好是问他来得么？和笑道④：莫多情！

【注释】

①脸波：指眼波。

②黛眉轻：眉画得很淡。

③绿云：浓密的乌发。

④和笑：含笑。

【花笺沁香】

据《古今词话》所载，张泌年少时曾与邻家浣衣少女相恋，后来浣衣少女父母因张泌仕途不顺，便将其女别嫁他人，二人虽是难舍难分，亦是别无他法。多年之后，张泌对这段初恋仍不能忘怀，浣衣女子时时出现在他的梦中，故在一夜中研磨铺纸，将心底深深的眷恋落入词中。正如刘永济于《唐五代两宋词简析》中云："此词相传有实事。盖泌少时与邻浣衣女相爱，后女嫁别人。……封建社会，婚姻不得自由，如此事者甚多。此二首或追叙少时相爱情事。"

这一首《江城子》与上一首互相关联，分别从女子、男子的视角书写百无聊赖的深闺生活和春波荡漾的邂逅。

浣花溪又名濯锦江，有人亦称它为百花潭，位于四川成都。每年农历四月十九日被古人定为浣花日，按照风俗，这日当地人会在溪边游宴。唐时才貌双全之女薛涛家亦住浣花溪旁，以溪水造笺，号曰"浣花笺"。这样的地方，总会上演浪漫的故事。张泌与浣衣女便邂逅于此。

那一日当他无意中走过浣花溪，浣衣女子的美貌便烙在了他的心上：双眸像秋水一般明净澄澈，黛色细眉弯弯，云鬓高高别有蜻蜓首饰。如若此词到此为止，这不过是一幅美人素描罢了，缺少鲜活的立体感。然而，张泌适时问了一句："好是问他来得么？"语中暗含钟情。

女子答他："莫多情。"像是拒绝，却又饱含半推半就的娇嗔。至于这之后的结局，读者不得而知。词人故意在此处戛然而止，虽不讲结局，但女子那蒙娜丽莎般的微笑，以及男女情窦初开的青涩已然留在最美的时光中。茅暎在《词的》中点评曰："更觉多情。"

此词情意绵密深长，初见时有多钟情，相离后便有多痛楚。浣衣女出嫁之后，张泌并没有将其忘却，她已然成为他心中摇曳的蔷薇花，想起时总是笑和着泪。

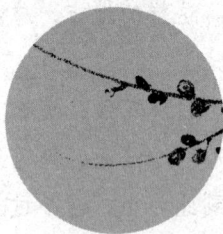

心念石榴裙，艳羡双飞燕

忆昔花间初识面，红袖半遮，妆脸轻转。石榴裙带①，故将纤纤玉指偷拈，双凤金线。

碧梧桐锁深深院，谁料得两情，何日教缱绻②？羡春来双燕，飞到玉楼，朝暮相见。

【注释】

①石榴裙：红裙。

②缱绻：感情融洽，难分难舍。

【花笺沁香】

欧阳炯为花间词派中的重要作家，他曾为《花间集》作序，其云："镂玉雕琼，拟化工而迥巧；裁花剪叶，夺春艳以争鲜。"将花间词之宗旨、渊源、风格一一阐述，将花间派词人的创作态度与艺术趣味诉诸笔端，落于纸上，使其流传。

那一年春日，繁花盛开，蝴蝶翩跹其间。游春的女子插翠戴红，莺莺燕燕，好一派旖旎风光。欧阳炯因在宫廷中见惯了这花红柳绿，再见这园中之景时，并无大兴致。正准备要走时，站立于花树之下的女子，刹那间便将他的目光吸引了过去。她在花丛中，一时间竟分不清哪是花哪是她，就如庄周梦蝶时，分不清哪是现实哪是梦境一般。她用手轻轻将红袖举起，半遮着羞赧的脸颊，纤纤玉指轻轻捻起石榴裙带的双凤金线。

然而，他们还未来得及相识，就已经离散。或许是欧阳炯公务倥偬，接到了朝廷的传唤，或许是他深知风雨飘摇的时代撑不起他的一见钟情。既然日后终要散，开始亦变得多余，正如木心所说："往往是还未开始爱，爱已经过去了。"后人并不知晓他们相散的过程，只知其无疾而终的结果。

此后，词人再也没能和她相见。他站在深深的庭院中，深深怀念那花一样的穿着红裙的女子。那碧如玉石的梧桐更是敲愁助恨，"碧梧桐锁深深院，谁料得两情，何日教缱绻"，浓绿的梧桐锁住的不仅仅是庭院，更是词人的想见不得见的痴情。徒有艳羡那两两相伴，在玉楼翩跹而飞的双燕，得以朝朝暮暮相依相守。

爱情就是这般吧，它只是来过一下子，而有人将最初的美好记了一辈子。

——醉卧桃花，相思入画——

悠思诉不尽，月明花满枝

——温庭筠《菩萨蛮·蕊黄无限当山额》

蕊黄无限当山额①，宿妆隐笑纱窗隔②。相见牡丹时，暂来还别离。

翠钗金作股，钗上蝶双舞③。心事竟谁知，月明花满枝。

【注释】

①蕊黄：六朝以来女子常用的一种眉妆，即在额头涂饰黄色。

②宿妆：隔夜的装饰。

③蝶双舞：钗上饰有双飞的蝴蝶。

【花笺沁香】

清晨对镜梳洗，她发现昨日精心描画的妆容已残损不整。额间的蕊黄色也已晕染到两鬓，漫漶不清。想起夜中与夫婿缱绻的梦境，不觉间竟红着双颊在纱窗前浅浅地笑了。梦中有多欣悦瑰丽，醒来时的痛楚心酸便只增不减。这淡淡的笑容渐渐隐没，化成驱不散的惆怅。

嗒嗒嗒的马蹄经过时，正是牡丹花开的时节。爱情的火花被这花香熏染得愈来愈明媚，瘦骨嶙峋的生活，也渐渐变得丰腴、饱满。本以为执手便是永远，经过便是归宿，却不料他只是一个路人，流浪才是他一生的宿命。相遇是偶然，分离则成了必然。

她头上镶嵌着翠玉的金钗，钗上的彩蝶正舞弄着双翅，翩跹而飞，而她却是一个人，用孤单填充孤单，用寂寞泯灭寂寞。

"心事竟谁知，月明花满枝"，初读时，仿若眼前晕染出一幅夜景图。盈盈月光铺满整个庭院，满树开着的红黄花朵，亦在澄净的月华中，氤氲着幽幽清香。而闺中女子的窸窸窣窣的心事，也唯有这满枝繁花以及这满院月华知晓且懂得。

诗词中，女子的幽怨皆大同小异，无非是深夜怀人，辗转难眠，而这相似的幽怨，如若经过大手笔的点染、润化，便会与旁的文辞区别开来，在卷帙浩繁中闪着灼灼光华，让人忍不住时时踮起脚尖，够一够这缥缈的相思。温庭筠的这首《菩萨蛮》便是这般，全词中的离愁别恨，在末句升至最高处，又在高潮处戛然而止。语毕，情长流，诚然是高手之作。

李渔曾于《窥词管见》中赞其曰："有以淡语收浓词者，别是一法。内有一片深心，若草草看过，必视为强弩之末。……如'心事竟谁知，月明花满枝'、'曲终人不见，江上数峰青'之类是也。此等结法最难，非负雄才，具大力者不能，即前人亦偶一为之，学填词者慎勿轻放。"《菩萨蛮》结句，被李渔归结为"淡语收浓词"之典范，细细咂摸，确为如此。

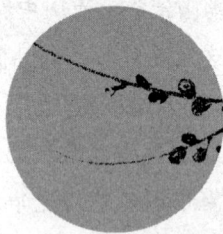

一寸相思，一寸灰

——温庭筠《菩萨蛮·夜来皓月才当午》

　　夜来皓月才当午①，重帘悄悄无人语。深处麝烟长②，卧时留薄妆③。

　　当年还自惜，往事那堪忆。花露月明残，锦衾知晓寒④。

【注释】

①当午：月在中天。

②麝烟：燃烧麝香所散的香烟。

③薄妆：淡妆。

④锦衾：锦制的被子。

【花笺沁香】

入夜已许久，而明月才渐渐升到中天，一个"才"字，便将夜之漫长、人之难眠、时间之慢，一一道出。一轮明月高挂于窗外，房内一切明白清澈，而她辗转反侧，究竟是月光太明亮，还是别有隐情，词人于此留下了些许悬念。

重重的帘幕之中只有女子一人独处，夜凉如水、无人陪伴，明亮的月光照得室内通亮，更将她心中的惆怅和孤寂照得无处隐藏。室内光影暗淡，熏炉里的麝香飘散出一缕缕长烟。"长"字精准巧妙，叶嘉莹先生认为此句与王维的"大漠孤烟直""墟里上孤烟"之句异曲同工："飞卿词与摩诘诗，虽一浓一淡，一绮艳一闲逸，然而其为近于绘画式之客观艺术之一点则颇为相似，以'上'字、'直'字、'长'字，形容静定之空气中之烟气，皆极绘画式之客观艺术之妙。"

在一缕缕青烟的环绕下，她卧于重帘之下，脸上还留着薄薄的妆痕。古时女子晨起梳妆、临睡卸妆，只因女子思人不得见，心情抑郁、神思恍惚，故而睡前只是胡乱卸妆、漫不经心，于鬓上残留下梅妆。

"当年还自惜，往事那堪忆"，夜间的风透过窗帷吹进闺房，亦吹开了往事之门。麝香袅袅飘升，带着一种摄人心魄的力量，这些不堪回忆的曾经愈发搅得她心神不宁，痛苦不堪。在深夜中，不仅仅天寒、衾寒，伴着花落、月残，就连她的心亦是冰凉寒彻的。

他途经了她的盛放，却不曾知晓，他离开后，她便凋零。然而又能怎么办呢？往事如风，已然在时光的隧道中看不清踪影。而那些不堪回忆的明明灭灭的故事，亦让它随风去吧。

呢喃软语编织成明眸笑颜

——顾夐《甘州子·一炉龙麝锦帏傍》

一炉龙麝锦帏傍^①，屏掩映，烛荧煌^②。禁楼刁斗喜初长^③，罗荐绣鸳鸯^④。山枕上^⑤，私语口脂香。

【注释】

①龙麝：龙涎与麝香，都是极名贵的香料。

②荧煌：忽明忽暗，闪烁之状。

③禁楼：皇城的楼阁。刁斗：有两种说法，一说古行军用具，昼炊饮食，夜击持行；一说小铃，如宫中传夜铃。这里指后者。

④罗荐：华美的垫席。

⑤山枕：两头突起而中间凹陷的枕头。

【花笺沁香】

朱唇微启时，嗅到的不仅仅是牡丹一样的浓艳香味，更是如梦一般的旖旎爱情。古时文人写爱情，多半略过私密的缠绵时刻，渲染柏拉图式的爱恋，然花间词人顾夐却将红帐之内的缱绻、肌肤相亲的缠绵，用梦幻般的笔调，写进了这首小词中。艳丽，却不糜烂、不露骨，反而有一种精致优雅的格调。

初读此词，只觉香艳，再读之，便似乎从掀起的纱帘中，窥到了幽情荡漾、唇香摇曳的私密世界。闺房中，龙涎香从香炉中轻轻溢出，袅袅而起，幽幽地散满整个房间，沾染在锦帷上，晕洒在绣枕上，氤氲缭绕，迷蒙如烟。锦缎织成的帘帷，轻轻柔柔地垂在香炉上，亦是馨香如蜜。

在这麝香满满的闺房中，层层画屏相互掩映，略隐略显，烛光时暗时亮。红帐之内两人投射在墙上的影子，亦是忽闪忽现。此时禁城的刁斗刚刚响过一更，他们欢欣之时尚长，想到这时，两人脸上又添一层红晕。丝罗垫席上绣着的交颈鸳鸯图案，恰恰是他们爱情的缩影。

夜，沉静如许，连风吹过都不留痕迹。他们在彼此耳边倾情低诉，那呢喃软语，像是一波又一波温润的浪花，铺满他们全身。女子听到缠绵的情话，微笑着应允对方时，刚刚开启朱唇，那袅袅的口脂香气，便轻轻在枕间盘旋缭绕，似比龙涎香的香味更摄人心魂。闻觉口脂之香时，想必两人已在春的臂弯里，沉醉缠绵许久。女子的娇羞、男子的深情，便是这场盛宴中最丰盛的景观。抒写男女闺房之乐的至境，大抵是添了缠绵美感却不流于低俗。而这首词中的口脂之香，让女子妖娆妩媚，让男子俊美深情，闺房之乐至此，已臻化境。

任凭沧海桑田，我亦不改初衷

——韦庄《思帝乡·春日游》

　　春日游，杏花吹满头。陌上谁家年少，足风流①? 妾拟将身嫁与，一生休②。纵被无情弃，不能羞③。

【注释】

①足：足够，十分。

②一生休：这一辈子就算了。

③"纵被"两句：即使被遗弃，也不在乎。

醉卧桃花，
相思入画

29

【花笺沁香】

爱情在古代词人的笔下像娇羞的女子一般，或是温婉，或是凄美，笔触多香软，情思亦绵长。但是韦庄的这首《思帝乡》却打破了这种温情脉脉的气氛，遣词造句中多了几分清新明朗，其中天真烂漫、率真热情的女子用自己的方式做着爱情告白。

古人婚姻皆是始于父母之命、媒妁之言，且讲究门当户对，而冲破礼教藩篱的爱情模范，也只是风花雪月的小说中的浪漫桥段。崔莺莺与张生、杜丽娘与柳梦梅的故事虽说是对爱情的礼赞，始终带了庄严华妙的仪式感，却从未走进现实，沾染零星尘埃。而词中的女子，却扬言要嫁给风流的年少，实在让人大跌眼镜。

和风吹散了冬日的岑寂，清冷的巷陌也随春日的到来，变得灵动热闹起来。一簇簇杏花，开满枝头，不留一丝空隙，风起时如雪的花瓣纷纷扬扬、飘飘洒洒，落在游人的青丝上，好似让他们淋了一场杏花雨。杏花远不如蔷薇芳香浓郁，但正是这疏淡、若有似无的幽香，让春日有了一种朦胧的美感。

游春的女子醉翁之意不在酒，反倒是借着杏花的清香，借着一年一度赏春的机遇默默寻觅令她动心的情郎。这已然算得上大胆的举动，殊不知其后这句"妾拟将身嫁与，一生休"，以咬钉嚼铁式的言语，更将她的坦率、本真和盘托出，淋漓尽致。

《上邪》有言："山无陵，江水为竭，冬雷震震，夏雨雪。天地合，乃敢与君绝。"这该是怎样一场荡气回肠的爱情？那个窈窕淑女面对自己心爱的人，指天为誓，即使地老天荒，自己的爱情决然不变。世间少有敢爱敢恨的女子，除却《上邪》这般令人至死不悔的爱情宣言，韦庄写下："纵被无情弃，不能羞。"爱情不是过去式，亦不是未来式，而是现在，以毕生的力量去爱，任凭沧海变桑田，哪怕海变枯石变烂。

这首短短的小令，无辞藻堆砌，实为秾丽花间词中的一朵水仙花。

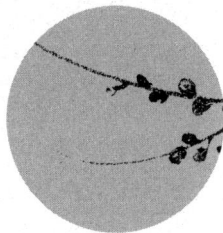

醉卧桃花，
相思入画

愿作一生拼，尽君今日欢

——牛峤《菩萨蛮·玉炉冰簟鸳鸯锦》

玉炉冰簟鸳鸯锦①，粉融香汗流山枕。帘外辘轳声②，敛眉含笑惊。

柳阴轻漠漠，低鬓蝉钗落。须作一生拼③，尽君今日欢。

【注释】

①冰簟（diàn）：竹凉席。

②辘轳：井上汲水的装置。

③一生拼：舍弃一生。

【花笺沁香】

牛峤作艳词可谓一绝，但将他的艳词放入香暖柔缛的艳词词海中比较一番，则会发觉其词艳却不腻，即使是写男女偎红依翠、解鸳鸯佩同寝时，也将更多的笔墨放在人物心理之上，而少露骨之语，实为艳词之列的一个擦边球。

这首《菩萨蛮》在花间词中流传甚广，"须作一生拼，尽君今日欢"更是脍炙人口，实为爱情宣言。

月华如水，似琥珀般皎洁，轻柔穿过枝丫，射进华美的阁楼中。室内点着熏香，玉炉中青烟弥漫，袅袅泛香。红帐之内，有着精致细密花纹的竹凉席，清凉如许，绣着鸳鸯的被衾堆于其上，不禁让人感知温情缱绻。女子的脂粉和着香汗浸湿了山枕。词点到此为止，而读者已在这惜墨之笔中，感受到两情相许的旖旎风光。

窗外忽然响起的辘轳声惊醒了在梦中欢愉的女子，她睁开双眼，看着山枕另一侧的丈夫正睡得香甜，微蹙的眉间又展开了暖人的笑意。"敛眉含笑惊"中有蹙眉，有惊讶，亦有微笑，正如晚清词人况周颐于《餐樱庑词话》中云："牛松卿的'敛眉含笑惊'五字三层意，别一种密法。"确为如此。

浓浓的柳荫中，淡薄的晨雾迷迷蒙蒙，女子的鬓发已有丝丝零乱，蝉钗滑落一旁，三三两两落在枕上。郎君欲要起身，却不料女子轻声说："须作一生拼，尽君今日欢。"

或许过了今日，他们便分离，横亘于他们中间的是无尽的相思折磨，再难相见。或许日后他们各自一方，但深情永驻。爱便要爱得轰轰烈烈，好让日后回忆起来不留任何遗憾。热烈纯粹，不扭捏不做作。刘永济于《唐五代两宋词简析》中云："末两句虽止十字，可抵千言万语。"

醉卧桃花，相思入画

33

滴滴漏声，道不尽万般相思

　　星渐稀，漏频转，何处轮台声怨①。香阁掩，杏花红，月明杨柳风。

　　挑锦字②，记情事，唯愿两心相似。收泪语，背灯眠，玉钗横枕边。

【注释】

①轮台：《古今词话》中有："轮台古迁谪地也，牛峤词'何处轮台声怨'，中吕宫乐章集有《轮台子》。"此处"轮台声怨"即怨戍轮台的边地乐曲。

②挑锦字：前秦安南将军窦滔之妻苏蕙织回文锦的典故。

【花笺沁香】

漏声滴滴答答，流逝的不仅仅是时间，亦是思念。星宿渐渐稀疏，浓浓夜色渐渐褪去，她恍惚中好似听到了边疆的轮台曲。轮台为唐时西北边地舞曲名。任半塘《唐声诗》下编第八云："天宝间封常清西征时，轮台为重镇，轮台歌舞或即于此时传至内地，精制为舞曲，流入晚唐、五代不废。"故而当闺中女子听到轮台曲时，耳边不禁出现幻听：声音来自哪里，是他回来了吗？然而这只是一场空欢喜罢了。

当她掀开绣屏红帐走出闺门，想要看看轮台曲萦绕的边塞异域风光时，映入眼帘的却是旖旎的江南春景。杏花团团簇簇，拥在枝头，给妩媚的黑夜更添一丝妖娆。庭院浸染了月光的素辉，朦胧中更添一丝美感。向来婀娜多姿的杨柳，在清风轻拂中，摇曳着美人般的腰肢。一切都是美的，但这美在此刻却分外刺眼。希望转为失望，失望中带了绝望，不得已，她将欣喜推开的屋门又轻轻掩在身后，回至屋内，倚床而卧。

幻想成空，更漏声愈来愈敲击敏感的神经，辗转难眠，故而提笔写信，以寄相思。此时的她像极了前秦时的苏惠。其夫窦滔为苻坚时秦州刺史，后被徙流沙。苏惠思夫心切，便于每夜织锦为回文《璇玑图》相赠。满腹的才华、满溢的深情，都汇入这小小的锦帕中。

"收泪语，背灯眠，玉钗横枕边"，像是电影的慢镜头，在回放女子骤然搁笔后的情态。她擦掉眼泪，背光而卧，玉钗从鬓边轻轻滑落。一晚上的时间，她只做了一件事——相思，而她也并不觉得苦，只愿山高水长，他还记得她就好。

花间双双对对，我却独自搁浅

——张泌《胡蝶儿·胡蝶儿》

胡蝶儿①，晚春时。阿娇初着淡黄衣②，倚窗学画伊③。

还似花间见，双双对对飞。无端和泪拭燕脂④，惹教双翅垂。

【注释】

①胡蝶：即蝴蝶。

②阿娇：汉武帝的陈皇后名阿娇。此泛指少女的小名。

③画伊：画蝴蝶。

④无端：无故。燕脂：即胭脂。

【花笺沁香】

雨后的晚春，洁净、柔润，带着一丝氤氲的甜蜜。风轻轻摇曳，带着花的袅娜香味，浅浅淡淡，像是清晨的盈盈露珠，像是曼妙轻柔的小提琴夜曲。彩蝶翩跹起舞，于花丛中流连，渲染着春日最极致的魅惑。

美景中自然有美人出浴。一个如阿娇般清明淡雅的女子，斜倚着窗，看到院落中繁花争胜，彩蝶飞绕，奈不住芳心丝丝颤动，便换上平日中最喜爱的淡黄色衣衫，来至花园。她伸出手指，放于花瓣上，对对蝴蝶便在指间流转，久久不离去。她紧紧关闭的心门，在此时悄然打开了一个小小的缝隙，在她猝不及防之时，一只彩蝶悠然而出，挑拨着她怦怦的心跳。她心底的春日，终于在此刻泛活了。

她转身回到房内，拿出宣纸铺开，她要把这打开她心门的蝴蝶画下来，让它永远定格在纸上，定格在心里。"学画伊"，轻轻读出之时，唇齿轻轻擦触，有一种懵懂的不依不舍，像是女子的羞赧，稍稍垂眉低首，便已润红了脸颊。无怪乎汤显祖云："妩媚。"

只见她每落下一笔，蝴蝶便是另一番模样。画成之时，纸上之蝶灵动至极，像是要飞起来再在她指尖伫立一般。此时，连她也分不清哪是花园翩跹之蝶，哪是画中流连之蝶，只觉它们对对双双相依相飞，不离不弃。此时她内心有一处松动的柔软，说不清是感动或是悲伤，胭脂泪水就这般轻轻滑过脸颊，滴落在淡黄色的衣衫上，滴落在蝴蝶的双翅上。心底的春日已然盛开，自己却仍是独自一人，怎不叫人悲伤。

此首《胡蝶儿》是典型的儿女情态，少女触景生情，自生寂寞。俞平伯在《唐宋词选释》中说得好："这词不写真的蝴蝶，而写画的蝴蝶；画上的蝴蝶却处处当作真蝴蝶去写，又关合作画美人的情感。"

　　据说，此词中"还似花间见，双双对对飞"一句正是《花间集》名字的源头。《胡蝶儿》为词牌，但调名已然失传，且唐宋词中，用此调者仅张泌这一首，可见此词弥足珍贵。

轻倚云屏思梦笑

——张泌《柳枝·腻粉琼妆透碧纱》

腻粉琼妆透碧纱,雪休夸①。金凤搔头堕鬓斜,发交加。

倚着云屏新睡觉②,思梦笑。红腮隐出枕函花③,有些些④。

【注释】

①雪休夸:意思是说雪之白都不及人之白。形容前文的"腻粉琼妆"。

②云屏:有云形彩绘的屏风。

③枕函花:枕套上绣的花。

④有些些:有一点,有一些,指枕花隐隐约约出现几朵。些些:少许,一点点,用作形容词。

【花笺沁香】

词人写梦，多把它作为一面镜子，借助梦中贪欢和梦醒如烟的对照，折射现实生活中可望而不可即之事，以此来寄托抒情主体无法达成的愿望以及希望落空的惆怅。而张泌写梦，却从侧面落笔，将梦境表现得极为甜润温馨，确实为词史上少有的一帘幽梦。

午后初起，少女睡在轻柔的碧纱中，她冰肌玉骨、额上蕊黄、颊上脂粉、唇上口脂，就连蜜柔的体香都未曾消散丝毫。透过纱帐，她的沉鱼落雁之姿、倾城倾国之貌仍毫发毕现，连洁白如许的雪也不堪比。在轻轻翻身时，她的发丝便稍稍有了些许散乱，凤凰簪子斜斜缀在鬓边，让人想要将它扶正，却也是不忍靠近、不忍惊扰。

"倚着云屏新睡觉，思梦笑"，此是全词中最洗练却最有神韵的一笔，女子刚刚从睡梦中醒来，却不忙于梳妆，而是轻轻倚靠云屏，双颊微微泛红，回想起睡梦中的缱绻甜美，嘴角不觉间露出有些羞赧又有些深情的笑。李冰若于《栩庄漫记》中评云："'思梦笑'三字，一篇之骨。"当是如此。

少女起身后，一侧脸的片刻，细心的词人又发现她的香腮上还印有欲要散去、却未散尽的枕痕，甚为动人心魄。枕痕本为红色，未散尽时转为淡红，正和羞赧女子的红晕晕染在一起，相依相衬。

屏风恰似一个联结梦境与现实的媒介，屏风之内是幽幽隐隐的香甜之梦，而屏风之外，是明清透彻的盈盈之实。绝代丽质的女子从睡梦中醒来，慵慵懒懒地倚在绣着鸳鸯图案的屏风上，像是又一次进入了朦胧梦境。

愿君行遍天涯，情不变

——牛希济《生查子·春山烟欲收》

春山烟欲收①，天淡星稀小。残月脸边明②，别泪临清晓。

语已多，情未了③，回首犹重道：记得绿罗裙，处处怜芳草④。

【注释】

①烟：指春天的早晨山前弥漫的薄雾。

②残月：将落的月亮。

③了：结束。

④芳草：代指女子。

【花笺沁香】

这首词如电影长镜头一样，质朴而真实，没有过多粉饰，不显矫情，便有离愁别绪从字里行间缓缓流淌出来，温厚朴素，感人至深。

春风吹绿了远处的山峦，山中的晨雾随着太阳的升起渐渐散去，天色也在晨光的映衬下由浓转淡，依稀中还可见到一两颗闪着微光的星星挂在天际。半牙残月用它那仅有的一丝光，照亮了女子的面庞，涟涟眼泪还挂在她的脸上。春日清晨，天气依然冷得彻骨，也只有送别的情人才会在春寒料峭中早起吧，离别的眼泪早已散尽了温热，潺潺的溪水声在女子听来也像是哭泣。

恋人们执手相看泪眼，想说的话还未说尽，可时间不等人，送君千里，终须一别，绵绵的情意又哪里能是言语说得完的？车夫再三催促，女子只得强忍泪水转身离去，临走时还不忘叮嘱："我今天特意穿了这件绿罗裙来送你，以后你无论走到哪里，只要看到萋萋芳草，就要想起我还在家乡等待你归来。"那绿罗裙裙摆摇曳，渐渐消失在男子的视野里。她那情之切切的叮嘱，想必男子也定然念念不忘。

在春意融融中，女子孤枕难眠，独守空闺，相思的苦痛也愈发强烈，另外，她难免还有难言的忧虑——男子游走四方，难免不被外面世界的纷繁热闹所诱惑，不知他是否还会记得家中的妻子。所以她在男子临行前精心打扮，特意穿了那件绿罗裙，又以芳草自比，只想给郎君留下深刻的印象，也让那随处可见的芳草时刻提醒着出门在外的郎君——不要忘了那穿着绿罗裙来送行的女子，更不要忘了曾与她的海誓山盟！

长亭外，古道边，芳草碧连天。这连天的碧草就像那绿色的裙摆，浮现在男子的眼前，荡漾在男子的心间，像是播撒下了春草的种子。这种子长在心田，只盼它千万不要枯萎！

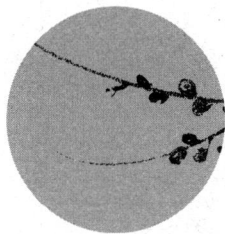

醉卧桃花，
相思入画

多少红颜悴，多少相思醉

落絮残莺半日天①，玉柔花醉只思眠②，惹窗映竹满炉烟。

独掩画屏愁不语③，斜欹瑶枕鬓鬟偏④，此时心在阿谁边⑤？

【注释】

①半日天：中午时分。

②玉柔花醉：形容女子的娇弱之态。

③独掩画屏：指人独自在画屏之后。

④欹：倾斜，歪。瑶枕：精美的枕头。

⑤阿谁：谁。白居易《永丰坊园中垂柳》中有："永丰西角荒园里，尽日无人属阿谁？"

【花笺沁香】

晚清词人况周颐在《历代词家考略》中对欧阳炯的词有这般评价："炯词艳而质，质而愈艳，行间句里，却有清气往来。"这首《浣溪沙》确实为其经典之作，将花间词人的艳丽本色与自身独特的清俊熨帖得天衣无缝。词中的美人睡醒后的红颜娇态，有些许唐伯虎《海棠春睡图》中的意境，也掺和着《红楼梦》潇湘馆中的雅韵，实在是艳而清的完美融合。

暮春日午，柳絮在轻风的吹拂中，扬扬洒洒，晓莺婉转的啼声中带着一丝倦怠。透过纱窗，窥见一位女子仍未起床。许是梦中的缠绵让她不愿醒来，许是百无聊赖中唯有睡眠可打发些时日，她就这样肆无忌惮地睡着。被衾中，露出她如玉般温润柔滑的肌肤，可堪与花瓣比美的容颜，更是顷刻间便醉了人心。佳人的娇媚醉意与慵容倦态，在帷帘的映衬下，更添了一分朦胧的美感。

"玉柔花醉"四字，妍丽至极，而"惹窗映竹满炉烟"则像滤网般，将艳中的腻过滤掉，使其显出澄明清雅的境界。翠竹在窗口轻轻摇曳，满炉的熏香袅袅而起，香雾迷蒙，女子在这般幽雅的闺房内，舒适而慵懒，哪里还想着要动弹呢。

梦中愈美，醒来后愈惆怅。独自掩上画屏，默默无语，微蹙的眉间尽是褶褶皱皱的相思。就连平日最爱的描红画翠，也都提不起兴趣了。他曾经使尽招数博她红颜一笑，而今他已不知去向，梳妆打扮又给谁看呢。黄莺的啼鸣逐渐变得稀稀落落，她是倦怠得不愿动弹，只斜斜靠着枕头愣愣地发呆，不知此时情思已然飘向何处，也不知她的心在谁那里。

爱情原是这般——他走了，她的心便盲了。

红袖添香，拂子打檀郎

——和凝《山花子·银字笙寒调正长》

银字笙寒调正长^①，水纹簟冷画屏凉。玉腕重□金扼臂^②，淡梳妆。

几度试香纤手暖，一回尝酒绛唇光^③。佯弄红丝蝇拂子^④，打檀郎^⑤。

【注释】

①银字：古人用银作字，在笙管上标明音阶的高低。

②玉腕重：洁白的手腕上戴着金镯而使手腕显得沉重。

③绛：深红色。

④蝇拂子：扑拂蚊蝇的器具。

⑤檀郎：指少妇所爱的郎君。西晋潘安小字檀奴，姿仪秀美。后遂以檀郎为美男子的代称。

【花笺沁香】

屋外秋风泠泠，屋内却是一片温馨的场景。女子手中的笙管发出幽幽的寒光，而双唇吹出的笙曲却悠长如丝。有着水纹图案的竹席以及立于其侧的屏风都因了这秋日的天气，清冷冰凉。银字笙、水纹簟、画屏，词人分别用了寒、冷、凉来修饰，让人从触觉中深深体验出，此时已是深秋。

听笙的郎君，从侧耳倾听这悠长的曲调，目光渐渐移到女子身上。只见她洁白似雪似玉的手腕上戴着金钏，稍稍有些沉重。她身着绣着淡紫色花边的衣衫，靓丽的面容上略施粉黛，淡淡的山眉恰如她安然的品性，他不觉有些沉醉了，仿若这眼前的女子，是画出来的美人。

此时，醉的不仅仅是词中的男子，还有词的作者和凝。史料记载，和凝少时即聪颖秀拔，十七岁时便中了进士。在奢靡的朝廷中，免不了染上些脂粉之气，再加上他年少有为，且又善作风流之词，身边自然不乏莺莺燕燕的佳人。这首《山花子》想必也是实录之作。

"几度试香纤手暖，一回尝酒绛唇光"，一曲奏罢，她不抬头看怔怔地瞅着她出神的郎君，而是几次将纤纤素手伸向香盒中，拈出几星香料添进香炉中。那如玉般的手，更是既暖又香。不一会儿，她又端起放于案几的酒，用红袖掩着轻轻沁下，待红袖垂下之时，本就红润的双唇更添了一分妩媚的光泽。

郎君正是瞥见了这一场如华丽梦境般的场景，便忍不住在她耳边说了几句蜜汁般的悄悄话，霎时间女子脸上便起了红晕，随手拿起红丝绳拂子，娇嗔地向郎君打去。

和凝并未写明在女子轻轻拍了郎君之后，是否会有更旖旎的风光。然而那香炉中袅袅不尽的馨香，已泄露了词人守口如瓶的秘密。

一 几缕隔岸相思，隐逸了多少旧梦 一

如花美眷谁人顾

——温庭筠《菩萨蛮·小山重叠金明灭》

小山重叠金明灭[1]，鬓云欲度香腮雪[2]。懒起画蛾眉，弄妆梳洗迟[3]。

照花前后镜，花面交相映。新帖绣罗襦[4]，双双金鹧鸪[5]。

【注释】

①小山：指美人发髻。

②鬓云：形容鬓发凌乱。香腮雪：形容两腮香白。这里为押韵，将"香雪腮"调整为"香腮雪"。

③弄妆：梳妆打扮。

④帖：镶嵌，这里指刺绣。

⑤金鹧（zhè）鸪（gū）：指用金线绣上去的鹧鸪鸟。

【花笺沁香】

生活在晚唐的温庭筠，诗词兼工，其词风婉丽、情致含蕴、辞藻浓艳。虽是男子，却将女子独守空闺的孤寂心情和百无聊赖描写得微妙精准。

春日的清晨，睡梦中的女子眉头紧锁，似有什么解不开的惆怅。阳光透过窗格照射着她的黑发，似有光泽，再与雪白的肌肤相衬，煞是动人。又过几时，女子从睡梦中懒懒地醒来，眉头虽已舒展，却还是无精打采，更无心打扮。女子坐在梳妆台前望着自己的容颜，虽是花容月貌，但无梦中人来欣赏，梳妆得再漂亮又有何用？

女子手捧着铜镜，与梳妆台上的镜子前后对照，仔细端详着自己的发髻。镜中的自己正是青春年华，就像头上佩戴的花一样娇艳欲滴，可这般美好，也只能深锁闺房，孤芳自赏。抚摸着衣袖上成双成对的鹧鸪鸟，不禁轻叹出声，心想着倒不如做了这衣袖上的鹧鸪，到底能够出双入对，不像自己现在这般凄凄惨惨。

在这无尽的等待中，女子却只看见镜中自己紧蹙的眉头和发红的眼眶，还有被岁月一点一点变得沧桑的容颜。这份孤寂，这份苦楚，这份伤心，无处诉说，只翻来覆去地折磨着闺中的女子。

若说古代词人中最了解深闺中女子心事的，温庭筠自然算得上是其中之一。在他的笔下，庭院深深，锁不住春去秋来，却锁住了闺中女子的幸福。一颗对爱充满向往的心扑通扑通地跳着，却得不到回应，只有寂寥心事回荡在闺房里，回荡在庭院中，越是空旷，落寞就越是被放大，徒惹人伤心。

几缕隔岸相思，隐逸了多少旧梦

暖香鸳鸯锦，雁归人未归

　　水精帘里颇黎枕①，暖香惹梦鸳鸯锦。江上柳如烟，雁飞残月天。

　　藕丝秋色浅，人胜参差剪②。双鬓隔香红③，玉钗头上风。

【注释】

①水精帘：即水晶帘。颇黎：同"玻璃"。

②人胜：古代人日（正月初七）那天戴在头上的饰物（剪纸、绢、箔等物为之）。参差剪：参差是形容人胜之形的，剪则指剪出人胜。

③香红：代指鲜花。

【花笺沁香】

读温庭筠的这首词，像是在欣赏一件经过精心雕琢却又易碎的艺术品，初看它时，只觉五彩缤纷，像是一道虹横亘在了天边。如若用手轻轻触摸，便觉它的每一处雕痕、每一处褶皱，都藏有另一个世界，把它形容为颜色不一样的烟火，毫不为过。词中有喧嚣，有静默；有迤逦的梦境，亦有醒时的淡淡哀愁。

门窗上挂着玲珑剔透赛似水晶的珠帘，床上放着滑润细腻如玻璃般的枕头，绣有鸳鸯图案的锦被已被香炉熏过，既暖且香，她睡于其中，正做着温柔旖旎的美梦。梦境中，迷蒙似烟的柳枝轻轻扫过江面，划下一条又一条弧线。侵晓时分，月亮渐渐隐入黑暗，只剩下半面妆照着这偌大的夜空。大雁双双飞往北方，偶有几声悲鸣划过寂寂的天空。"江上柳如烟，雁飞残月天"，不禁让人想起柳永的"杨柳岸，晓风残月"。或许，后者便由此句脱胎而来。陈廷焯在《白雨斋词话》中云："'江上柳如烟，雁飞残月天'，飞卿佳句也。好在是梦中情况，便觉绵邈无际。若空写两句景物，意味便减。悟此方许为词。"此评确为实至名归。

又是正月七日，又是怀人之时。只见画楼外一个女子，身穿藕荷色的裙衫袅娜着走来，装饰双鬓的彩胜参差错落，长长短短，明艳动人。头上插着的玉钗随着她的款款碎步，随着拂颊而过的轻风，微微发颤。

词至此戛然而止，但女子因雁归人不归的满腹心事，已在对她美丽容颜及频剪春胜的姿态的渲染中，化作了一个幽幽淡淡的梦境，氤氲在我们周身。温庭筠就是这般以繁缛的笔端，描绘一个女子细腻的惆怅，在双飞的大雁身上寄托不可企及的爱情梦想。

想你如昨，恋你如昔

——温庭筠《菩萨蛮·翠翘金缕双鸂鶒》

翠翘金缕双鸂鶒①，水纹细起春池碧。池上海棠梨②，雨晴红满枝。

绣衫遮笑靥③，烟草粘飞蝶。青琐对芳菲④，玉关音信稀⑤。

【注释】

①鸂鶒（xī chì）：水鸟名，因其形大于鸳鸯而色彩多为紫色，故又称"紫鸳鸯"。

②海棠梨：即海棠花。

③靥（yè）：笑时面颊上的酒窝。

④青琐：古代华贵之家门上的雕花装饰。

⑤玉关：玉门关，在今甘肃敦煌西北，唐时西部重地。

【花笺沁香】

花事绕心头时，花间词人温庭筠情不自禁地写下一首小词，海棠在词中亭亭玉立，像是等待夫婿的女子。

温庭筠《菩萨蛮》凡十四首，首首皆是经典之作，得到后人好评，此首亦不例外，周济在《介存斋论词杂著》中评论此词云："神理超越，不复可以迹象求矣；然细绎之，正字字有脉络。"陈匪石于《旧时月色斋词谭》中云："语语是景，语语即是情。"

那一日春光似要溢出来一般，明媚至极，她从有着美丽流苏的窗帷中见到了这一幕，便起身走出闺房，来至门前的池塘边。池水中鸳鸯成双成对沐浴在这溶溶春光中，它们身披烂漫的金色花纹，翠绿的尾巴高高跷起，池水荡着绵密的粼粼水纹。

一阵绵绵细雨之后，天色更加澄净透亮，岸边海棠花开，红花满枝，阳光匀在其上，像是女子半遮半露的笑靥。钱泳在《履园谭诗》中云："能道得眼前真景，便是佳句。"温庭筠这句"池上海棠梨，雨晴红满枝"，正是这样。满树的海棠俏立枝头，如海中的浪花一般，闯进眼帘时，只觉满目烂漫。

在她深深为这片明媚的春光沉醉时，一个心有所悦但陌生的男子倏然闯入她的眼帘，欢愉中不禁语笑嫣然，却又因羞赧、因慌乱，忙不迭地用袖衫遮住笑靥，却无法掩饰掀起层层涟漪的心。深情总是关合着美景，她对男子的情意，恰似飞蝶对烟草的依恋。

芳菲景物依旧，却独独不见了当日春游之人，又怎不让人伤怀？

边塞有多远，思念便有多长，纵然他渐行渐远，而她却依旧记得初遇他时，内心的欢悦与慌乱。

为爱而欢，亦为爱而痛

—— 温庭筠《菩萨蛮·雨晴夜合玲珑日》

雨晴夜合玲珑日①，万枝香袅红丝拂②。闲梦忆金堂，满庭萱草长③。

绣帘垂箓簌④，眉黛远山绿⑤。春水渡溪桥，凭栏魂欲销⑥。

【注释】

①夜合：合欢花的别称，俗称"马缨花"。

②香袅：香气浮动。红丝拂：指夜合花下垂飘动。

③萱草：又作"谖草"。《毛传》："谖草令人忘忧。"

④箓簌（lù sù）：下垂貌。此处指帘子下垂的穗。

⑤眉黛远山：用黛画眉，秀丽如远山。

⑥魂欲销：魂魄将散，神情恍惚。

56

【花笺沁香】

合欢，合欢，念之名字便觉有一种唇齿相依、参差错落的美感。雨后天晴，到处是一股澄清之气。夜合花在明丽阳光的铺展中，尽情绽放，似要在这雨后的清新中沉醉不醒。千万条枝藤上粉红色的细丝袅袅拂动，花朵低垂之时，恰似娇羞美人的脸上氤氲的红晕。清风吹来时，空气中便充盈着浓而不腻的香气。

那个茕茕一人的女子，面对着满树的合欢，小小的身体中又涨满了思念，这思念像是一个无底洞般，将她硬生生吸了进去。不知不觉中，她渐渐进入了梦乡，在梦中她辗转进入了一个华丽的宫室，那里映入她眼帘的是延绵不绝的萱草。

绣帘的流苏在悄悄渗进屋内的风中，轻轻荡漾。透过闪烁不定的垂有流苏的绣帘，女子不浓不淡的哀愁在眉间若隐若现，恰似远处只能看清轮廓的青山。心事无处安放，她便撩开帘帷走出闺房，绕过院落，便来至门前的小桥边。她站立于桥上，看见潺潺溪水蜿蜒着流淌至远方，心怀又被莫名的情绪击中。犹记得，也是这样一个春日，也是这样的一座流水绵延的小桥，她与郎君在此分别，而今又回到当初离散的地方，只觉世事两茫茫。

此是梦中之景，"萱草""垂帘""凭栏"皆是梦中情事。然而这何尝不与雨后纷繁尽开的合欢有关呢？看见合欢，便酣然入梦，而后似乎分不清哪是现实哪是梦境。情不知所起，一往而深，女子似乎是为爱而欢又为爱而痛的。

此词以"合欢"与"萱草"为主要意象，故而此词在艳丽之上又添一层美艳，像是女子的一帘幽梦，缱绻深情浓得化不开。

几缕隔岸相思，
隐逸了多少旧梦

空把韶华付于了等待

——温庭筠《更漏子·星斗稀》

星斗稀，钟鼓歇[①]，帘外晓莺残月。兰露重[②]，柳风斜，满庭堆落花。

虚阁上，倚栏望，还似去年惆怅。春欲暮，思无穷，旧欢如梦中。

【注释】

①钟鼓：古代报更次、时间的钟鼓声。歇：停止。

②兰露：凝结在兰花上的露珠。

【花笺沁香】

暮春之时,思念总会幽幽怨怨地袭来。他从春天走来,在桃花盛开的时节,留下一段脉脉温情。然而花期一过,他便说要分开,温情过了蜜月,也就歉歉地凋零。剩下的时光中,她只得用回忆取暖,靠思念度日。

一夜辗转反侧后,星光变得疏疏落落,钟鼓之声也逐渐停歇,天地间归于寂静时,思念的嘀嗒声便更清晰。窗外由晦暗转为微亮,既然无法入睡,她索性起身披了一件纱衣,走至窗边掀起帷帘,只见黎明中一弯残月悬挂于天际,晓莺清脆却又稀疏的啼鸣在空中徘徊。罢了,罢了,心是寂寞的,一切便染上了凄清落寞的颜色。

来到庭院,兰露打湿了裙衫。一个"重"字实把女子的愁怨写尽,兰露本是轻盈、亮丽的,而女子却感觉它们打在身上时,沉重、黯淡,原来思念到极处,连一滴水的重量也承担不起。清晨的风,带着一丝凉意,扫过她的面颊时,更让她感知什么是孤独的滋味。况且落红满地,人何以堪?

黎明之时,星辰渐稀,钟鼓已歇,天地间与她相伴的唯有凉露、寒风、落花。登上层楼,倚栏而望,猛地想起去年也是这般惆怅。年复一年中,空把时光付于无尽的等待,空把芳时虚度。年华正好时,无人来赏,而今渐渐凋零,更是无人怜惜。旧日的欢愉好似一场大梦,却偏偏在梦中她认了真,醒来后又幻想何时再一次入梦。一切终究逝去,而唯有她的思念不止。

想必温庭筠也是尝过思念这苦涩的味道的,要不如何能将女子这浓烈的惆怅和哀伤,这缠绵婉转的相思,写得密丽浓艳、百转千回?

几缕隔岸相思,隐逸了多少旧梦

59

夜重轻寒，相思入骨

柳丝长，春雨细，花外漏声迢递①。惊塞雁，起城乌②，画屏金鹧鸪。

香雾薄③，透帘幕，惆怅谢家池阁④。红烛背⑤，绣帷垂，梦长君不知。

【注释】

①漏声：更漏的声音。迢递：遥远的样子。

②城乌：栖息在城头上的乌鸦。

③薄：迫近。

④谢家池阁：谢灵运有《登池上楼》一诗，作于久病初愈登楼之时，诗中有"池塘生春草，园柳变鸣禽"的名句，后常常以此作为咏楼阁园池的典实。

⑤背：指灯烛等亮光熄灭。

【花笺沁香】

《更漏子》为词牌名。古时滴漏计时,夜间视漏以报更,故称更漏。初期的漏壶只是一个壶,古人于壶中装一支刻有刻度的木箭,当水从壶底的小孔漏出时,壶中水位下降,木箭便随之下沉,观测刻箭上的水位,便会知晓时辰。故而,古时,它是丈量时间与生命的尺度,而用于词牌名,则始于温庭筠。

这首《更漏子》正是一位深闺女子在无眠之夜闻晓更漏声而起的相思。春夜,霏霏细雨,如牛毛一般绵稠,轻风细雨中,柳丝悠然飘拂。女子的惆怅好似细长袅娜的柳丝和迷蒙霏微的春雨笼罩在女子头上。本来已是难以成眠的夜晚,偏偏"花外漏声迢递",点点滴滴的漏声更令她心烦意乱。夜深人静,相思无寐,在常人听来小小的滴漏声,在思妇听来却如同惊雷,不仅惊起"塞雁"和"城乌",也惊起了房中画屏上的金鹧鸪。越是热闹,人越寂寥,夜漏声、大雁声、城乌声,正衬出她的凄清和搔屑不宁。

香雾虽薄,但丝丝雾气仍然能透过重重的帘幕,这挥散不去的香雾就像烦人的惆怅怎么也摆脱不了。剪不断、理还乱的是离愁,他离去,她的眉间便攒了忧愁千度。夜深露重,她也只好回到闺房睡觉。而她却偏偏不愿熄灯,害怕黑暗之中相思之情汹涌泛滥,只好任由红烛燃烧。她垂下帐帷,本以为睡着以后可以不再被思念、愁情所困扰,谁知在梦中所念之人又出现了,而他却从不知晓在销魂蚀骨的相思中,长夜漫漫,多么难挨。

几缕隔岸相思,
隐逸了多少旧梦

在寂寞的等待中慢慢老去

——温庭筠《南歌子·懒拂鸳鸯枕》

懒拂鸳鸯枕，休缝翡翠裙①，罗帐罢炉熏②。近来心更切，为思君。

【注释】

①翡翠裙：绘有翡翠鸟图案的裙子。

②罢：停止。炉熏：在熏炉内燃烧香料，取暖并闻香。

【花笺沁香】

《南歌子》是温庭筠以重笔写闺阁之情的代表作，语重工妙，保留了其温词的绮艳，却摒弃了堆砌的弊病，如天机云锦，工丽非凡。笔法技巧之妙固然难得，但更惹人动情的，无疑是字里行间那扑面而来的浓郁相思。

"懒拂鸳鸯枕，休缝翡翠裙，罗帐罢炉熏"，每一句中各有一件典型意象，将闺中少妇的思念之苦铺陈纸上。玲珑精致的鸳鸯枕上积满了灰尘，她却再不像从前，精心地擦拭。"女为悦己者容"，既然"悦己者"已不在身边，纵使打扮得再妩媚鲜妍也无人欣赏，索性懒作妆容，哪里还有心情去缝裙绣衫呢？

昔日闺中蜜意柔情，都如眼下虚掩的罗帐、冷去的熏炉，空空荡荡又冷冷清清。一日复一日的好光阴，在寂寞的等待中无聊耗去。离人迟迟不归，她自是牵肠挂肚，少不了苦闷，更难免心酸，但终究不知不觉地在思念这方泥淖里越陷越深，自甘沉沦。

至于这一腔愁苦的缘由，原来是"近来心更切，为思君"，从之前铺排开的典型生活场景里，已能感受到她对夫君的思念，而近来相思，"更切"更甚，竟不知会蔓延到何种境地了。

韶光本就匆匆，年华易逝的沉重已让人难以背负，苦闷的相思更加令人断肠。"你没有如期归来，而这正是离别的意义。"现代诗人北岛如是说。纵使人未归来，偏还有人即使断肠也守望，这便是爱情的意义。

鸳鸯，不经意间便成了世人的爱情梦想，它们交颈而游，相依相伴，让人在艳羡之余，更多领悟到爱情的希冀与真谛。温庭筠自是痴情之人，鸳鸯不仅在他的词中，更在他的心底。

几缕隔岸相思，隐逸了多少旧梦

伊人装饰的梦境，醒后更觉凄凉

——皇甫松《梦江南·楼上寝》

　　楼上寝，残月下帘旌①。梦见秣陵惆怅事②，桃花柳絮满江城，双髻坐吹笙。

【注释】

①帘旌：帘子上端所缀的装饰品。

②秣陵：金陵，今江苏南京。

【花笺沁香】

梦境好似一件唯美精致却又冰凉易碎的青花瓷，完整时它承载着澄碧的初恋、迤逦的时光、痴绝的誓言，然而一旦破碎，它便晕染上蚀骨的相思、晦暗的等待以及无尽的忧伤。没有谁能一直醉在梦中，也没有谁能预防醒来时这突如其来的哀愁。

岁月如水不能倒流，过去也只是光阴故事中的一个插曲，然而初醒的人，总是频频回首，欲要在梦中寻觅些许安慰与温情，殊不知往昔已然成为一座海市蜃楼，茫茫沧海打捞起的也只是徒惹悲伤的回忆。

睡梦中他又回到了艳遇氤氲的江南。那里是繁华依旧，穿过柳烟画桥，撩开风帘翠幕，金陵的柔媚风致便若隐若现。清嘉秀丽的秦淮河中，昼夜皆有画舫驶过，载去一船动听的羌音管乐，船尾摇曳的白色浪尾，正是那美妙的音符。婉转清丽的旋律已让人动情，又正值桃花满枝盛开，柳絮纷纷扬扬，实在是一幅美妙的江南图卷。

在这样一个醉人心的春天里，如若再遇上一段两心相悦的爱情，便是人间至幸了。词人正痴痴想着，眼前便划过来一艘小船，一个梳着双髻的女子坐于舟上，吹奏着悠扬的笙乐。所谓景如画，人娇美，便是这般情景吧。

然而，这不过是睡梦中的"一晌贪欢"罢了，无论多旖旎，终究是要醒来的。醒来时，西沉的残月已经落到帘额之下，收起余晖，夜色更浓，夜晚更加寂静，而他也更落寞。读罢这首小令，委实叫人心酸。

陈廷焯在《词则·大雅集》赞这首词曰："梦境画境，婉转凄清，亦飞卿之流亚也。"

几缕隔岸相思，隐逸了多少旧梦

无处安放的相思

——韦庄《浣溪沙·夜夜相思更漏残》

夜夜相思更漏残①，伤心明月凭栏干，想君思我锦衾寒。

咫尺画堂深似海②，忆来唯把旧书看，几时携手入长安。

【注释】
①更漏残：夜已将尽。
②咫尺：比喻距离很近。

【花笺沁香】

　　韦庄有一美姬，生得清丽素雅。她擅文辞，又有一番端凝之姿。韦庄亦是舞文弄墨之人，二人谈诗论词，煮酒品茶，生活虽清淡倒也快乐。

　　然而她太夺目了，入了韦庄的眼，亦入了蜀王王建的眼。王建假借教宫女作词之由，将她从韦庄的怀中拢了过来。自此王建躺在了美人的温柔乡中，而爱情被生生剥夺的韦庄，痛苦不已，便作下一组悼亡词，这首《浣溪沙》便是其中之一。

　　漏尽人未成眠，只因相思无处安放，日日夜夜都是这般。自从韦庄与她分别之后，怀念便如藤蔓缠绕住他，在反反复复的纠缠中，他挣脱不得，亦不愿挣脱。夜与昨日也无甚分别，月仍旧是那样深沉、凄清，而他们终究是被生生隔开了。还曾记得，他们在花前月下执手相约，共诉衷肠，相约要看遍这世间的细水长流。如今，风景依旧，而她已不在身旁。心中感慨万千，唯有在月下独自凭栏。

　　思念到极致，便设想她此刻的一举一动。词人想着，此时或许她是独处一室，在相思中挨过一寸又一寸时光；或许她也倚栏而望，惦念自己形单影只、枕冷衾寒。

　　"想君思我锦衾寒"，替对方相思，实为爱得深沉。正如俞平伯《唐宋词选释》评曰："一句叠用两个动词，代对方想到自己透过一层，曲而能达。句法亦新。"

　　相爱之人的距离，总无法用直尺的刻度来丈量。画堂虽只有咫尺大小，于韦庄而言，却深如海洋。思念汹涌难以抑制时，他也只能翻开她的点滴墨迹，寻找些温暖，找寻些安慰。何时词人

几缕隔岸相思，
隐逸了多少旧梦

才能回到长安，与她重逢呢？

  如若知晓相遇后必要分离，又何必开始，纳兰容若那句"人生若只如初见"也不过是一种悲戚的幻想。白昼过后，黑夜终要袭来，他的思念也会随着月亮袅袅升起。

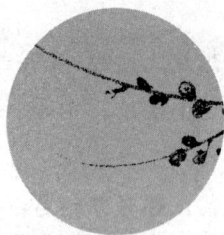

所有的思念，化作一地落红

——韦庄《谒金门·空相忆》

空相忆，无计得传消息①。天上嫦娥人不识，寄书何处觅②？

新睡觉来无力，不忍把伊书迹③。满院落花春寂寂，断肠芳草碧。

【注释】

①无计：没有办法。

②书：信。

③书迹：过去的来信。

【花笺沁香】

手捧一封已经被翻阅了千百遍的书信，信纸都已磨损，字字句句也早已刻在她的心上，可她仍然反复看着，仿佛读着他的字句，就能听到从千里外传来的绵绵情话。可是，这短暂的自我安慰，不过是一场空欢喜罢了。相思的痛苦不会减少一分，等待的日子也不会早一天终结。这书信已是很久前寄来的了，如今他身在何处、是否安好，她都不知道，想要寄一封书信表达别后的相思情意，竟然不知寄往何处。

夜不成眠，她在清冷的月光中踱步，看着窗外那轮皎洁的明月，不禁想拜托天上的嫦娥帮她传递书信，把自己满心的焦虑与相思寄与情人。可是，想那嫦娥终年困守清冷的广寒宫中，必定已自顾无暇，又怎会替世上不能相守的凡人传情达意呢？

这一番畅想，已有几分荒唐意味。可这荒唐之念，正如那绵里针的相思，看似无力，却扎得人心痛。不知不觉中，女子渐渐入睡，手中还握着那封微微泛黄的书信。醒来之后，只觉浑身无力，困倦不堪。沈际飞的《草堂诗余正集》里把"把伊书迹"四字视为令这首词通体皆活的词眼，赞"四字颇秀"。

"满院落花春寂寂，断肠芳草碧"，庭院深深，万籁俱寂，春色渐尽，满院落花飘零，芳草凄碧。她看见这满院的萋萋芳草，更觉时光残忍。又是一年花落时，又是一年草蔓延，然而这于她也无甚分别，她只不过日复一日地伤怀罢了。

韦庄词疏朗秀美，以白描见长，清淡素雅，蕴藉隽永，有较强烈和较真实的抒情成分，晚清词人况周颐在《唐五代词人考略》评韦庄："尤能运密入疏，寓浓于淡，花间群贤，殆鲜其匹。"

时时忙着思君，任孤单蔓延

春到长门春草青①。玉阶华露滴②，月胧明。东风吹断紫箫声。宫漏促③，帘外晓啼莺。

愁极梦难成。红妆流宿泪，不胜情。手挼裙带绕阶行④。思君切，罗幌暗尘生。

【注释】

①长门：汉宫殿名，汉武帝陈皇后失宠之后所居。

②华露：花露。

③宫漏促：宫中漏壶声点点滴滴，有时间迫促之感。

④挼：揉搓，摩弄。

几缕隔岸相思，隐逸了多少旧梦

71

【花笺沁香】

花间词中充斥着大量宫怨词，就其思想价值而言，并不甚突出，但仍有少量篇章，因有了鲜活的意象，而从词堆中显现出来，薛昭蕴的《小重山》便是有力的佐证，被李冰若在《栩庄漫记》中评为："词无新意，笔却流折自如。"

汉武帝曾留下"金屋藏娇"的风流韵事，许诺阿娇三生三世的荣华与宠爱。然而凡事大多以旖旎开始，以凄惶结尾。阿娇最后落得幽禁长门宫的结局。这首词中的"长门"，便是陈后失宠所居之地，用于此即意为失宠的宫女或被弃的妇女。又是一年春好日，长门之地又长满了青青碧草，玉石阶上又滴洒着盈盈清露，湖中倒映的月光皓洁有光，如凝结千万年的琥珀一样。东风依依，轻抚着岸边倒垂的柳枝，亦带来了不知从何处传来的隐隐约约、断断续续的箫声。

这只是无数春日中的寻常一夜，婉转清扬，沁人心脾。然而孤单时，风景愈是完满、丰盈，心情便愈是低落、凄凉。春日这般美，映射到她的瞳孔时，却生了悲情，只因夫婿不在身边。最是澄碧清凉的夜，最恼人，辗转反侧却无法入睡。好不容易挨到黎明，刚刚有了些许睡意，又被窗外的晓莺声提醒，稍稍成型的美梦在此时亦无影无踪。

思愁搅得她难以成眠，红妆粉脸上依旧残凝着昨日的泪影。她的纤纤素手按着裙带，绕着花丛徘徊，夜夜盼望着与他再一次相逢，希望却一次又一次变为失望，最后成绝望。时时忙着思君，无暇顾及旁物，那些精美的丝罗帷幔已是悄然生尘。

他不在，就连春日也是如此潦草。

沉香遮不住相思

宝檀金缕鸳鸯枕①，绶带盘宫锦②。夕阳低映小窗明，南园绿树语莺莺，梦难成。

玉炉香暖频添炷，满地飘轻絮③。珠帘不卷度沉烟④，庭前闲立画秋千，艳阳天。

【注释】

①宝檀：珍贵的檀色。

②绶：古代系帷幕或印纽的带子。宫锦：原指宫中所织的锦绸，此指五彩帷幕。

③轻絮：柳絮。

④沉烟：沉香木所燃的烟，味香。

几缕隔岸相思，
隐逸了多少旧梦

【花笺沁香】

《虞美人》为唐教坊曲名,用为词调首见于词。《填词名解》云:"项羽有美人名虞,被汉围,饮帐中,歌曰:'虞兮虞兮奈若何。'虞亦答歌,词名取此。"项羽与虞姬的故事,本就有一种凄绝的幻灭感,那种悲戚的爱情中,悠柔婉转却深藏诡谲与刚烈。以此为词牌,词作便也染上了一丝凄凉与绝美。

相思总是在百无聊赖时,幽幽怨怨地袭来。"宝檀金缕鸳鸯枕,绶带盘宫锦",那一日午后,闲来无事的她本欲休憩一下,掀开床帏,看见浅檀色的绣枕上绣着金丝鸳鸯,华美的绶带收束着宫锦帷帐,精致至极,像是对她无言的炫耀。刚刚从眉头上下去的惆怅又滔滔而来。

夕阳的余晖星星点点洒在窗棂上,薄薄的纱窗便镶上了一层梦幻般的玫瑰色。南园中绿树郁郁葱葱,晓莺的啼叫恰恰穿过树荫,传到了小屋中,更叫她难以入睡,难以成梦。

无可奈何之际,索性起身向热香炉中一次次添香,或许香浓了便把相思给遮掩了。窗外的柳絮漫天铺展,洋洋洒洒,像是无处安放的寂寞与忧愁。暮烟沉沉缭绕着漫过低垂的珠帘,迷蒙中更觉得之前的欢愉是梦,而今的萧索亦是梦。她慢慢走出闺房,来至庭前,那秋千在风中自顾自荡着,恰如她落空的心事。那被夕阳染红的天边,空空寂寂,没有一丝痕迹,像是什么都不曾发生过一般。

毛文锡词多是供奉内廷之作,以歌舞游冶为主,成就不甚高,但此词一反其空洞之作,被汤显祖在《玉茗堂评〈花间集〉》中评云:"富丽。"

今夕何夕，竟与君相会

——毛文锡《醉花间·深相忆》

　　深相忆，莫相忆，相忆情难极。银汉是红墙①，一带遥相隔。

　　金盘珠露滴②，两岸榆花白。风摇玉佩清③，今夕为何夕？

【注释】

①银汉：天河。

②金盘：传说汉武帝作柏梁台，建铜柱，高二十丈，大十围，上有仙人掌金盘承露，和玉屑饮之以求仙。《史记·孝武本纪》载："其后则又作柏梁、铜柱，承露仙人掌之属矣。"

③清：清越的响声。

几缕隔岸相思，
隐逸了多少旧梦

【花笺沁香】

毛文锡以《醉花阴》为词牌的词共两首，首句皆是欧阳修所谓开篇破题的"陡健之笔"。"深相忆，莫相忆，相忆情难极"，与另一首中"休相问，怕相问，相问还添恨"一样，突兀至极，逻辑倒换，先果后因。难怪明代文学家汤显祖会在《玉茗堂评〈花间集〉》中评论说："创语奇耸，不嫌高调。"

首句不知所忆之事，下一句便有了交代，原是因爱而起。"银汉是红墙，一带遥相隔"中"红墙"指银河，毛文锡与心上人不得相见，犹如中间横亘着银河的牛郎织女。清代诗人黄仲则在《绮怀》中云："几回花下坐吹箫，银汉红墙入望遥。似此星辰非昨夜，为谁风露立中宵。"他自小与表妹青梅竹马，两情相悦，却因种种隔阂，未能结缘。这正像牛郎与织女一般，美好的开始，却结出苦涩的果子。

毛文锡词中的女子在窗边托腮遥看远方，痴痴认为望得再远一点儿，便能望见心上人的身影。更漏滴滴答答，不知过了多久，她渐渐进入梦乡。梦中她登上柏梁台的铜柱，和着玉屑畅饮金盘中的甘露。银河两岸的榆树开出一簇又一簇白色的小花，挂满枝头，像是蒙着纱巾的新娘。在此种清寒宁静、恰似仙境的氛围中，郎君轻轻走来，身上的佩环发出叮叮当当清脆的声响。女子欣喜万分，不由得发出"今夕为何夕"的感慨。胡兰成曾对张爱玲说："愿使现世安稳，岁月静好。"而女子在梦中与郎君相会时，正是岁月静好之时。

"今夕为何夕"，就在这一刻忘却时间吧，且不论它春夏秋冬，清晨、午后、傍晚抑或是子夜，因与日思夜想之人会面，便觉时光慷慨如斯。

红豆系相思

　　忆昔花间相见后，只凭纤手，暗抛红豆。人前不解，巧传心事。别来依旧，辜负春昼。

　　碧罗衣上蹙金绣^①，睹对对鸳鸯，空裛泪痕透^②。想韶颜非久^③，终是为伊，只恁偷瘦^④。

【注释】

①蹙（cù）金：刺绣的一种方法，即用拈金的金线刺绣，使刺绣品的纹路绉缩起来。又名拈金。

②裛（yì）：沾湿，浸染。

③韶颜：年轻美丽的容颜。

④恁（nèn）：这样。

几缕隔岸相思，隐逸了多少旧梦

【花笺沁香】

林语堂曾这样诠释爱情："吾所谓钟情者，是灵魂深处一种爱慕不可得已之情。由爱而慕，慕而达则为美好姻缘，慕而不达，则衷心藏焉，若远若近，若存若亡，而仍不失其为真情。此所谓爱情。"或许爱情之别名，就谓之相思吧。时光如一条静静的河流，轻轻地流淌在有情人身边。纵然相离，只要采撷一把红豆，任凭山河斗转，心中情怀便如晨起朝霞，鲜妍得令人感动。

"哪个少女不怀春，哪个男子不钟情"，歌德说得极是。战乱的年代，唯有爱不凋零。欧阳炯许是多情男子，爱而不得时，便生了相思，写入词中，便用到红豆意象。这一首《贺明朝》如是。

词中女子，对花间相见的男子情有独钟，却羞于启齿，便于人烟稀少处，用纤纤素手拈起一枚红豆，偷偷赠给心上人。毫无忸怩之态，只觉这浓浓的相思，暗抛红豆的瞬间，有了些许分量。纵然日后她与男子无甚交集，想必他已懂了她对他低到尘埃里的爱，这对她来说，已然足够。

青碧罗衣上，一针一线绣着成双成对的鸳鸯，那密密麻麻的针脚，说中了她情窦初开的缭绕、芳心暗许的情愫。然而时光易逝，在最美的年华不能与心上人携手，容颜也便渐渐消瘦下去，看见这交颈而游的鸳鸯，总会泪流千行。

和时间角力，与宿命徒手肉搏，算来注定是伤痕累累的，但谁也不会放弃生命这场光荣的出征，只要心仍在，纵使泗渡千年，相思仍难绝。

李冰若在《栩庄漫记》云："《贺明朝》诸词，后启柳屯田，上承温飞卿，艳而近于靡矣。"

思念的旋涡无法走出

春欲尽，日迟迟①，牡丹时。罗幌卷②，翠帘垂。彩笺书，红粉泪，两心知。

人不在，燕空归，负佳期。香烬落，枕函敧③。月分明，花淡薄，惹相思。

【注释】

①日迟迟：形容白日长而温暖。

②幌（huǎng）：帷幔。

③枕函：泛指枕头。敧：形容枕头歪向一边的样子。

几缕隔岸相思，
隐逸了多少旧梦

79

【花笺沁香】

整齐短促的句式，名珠走玉盘般的韵律，断而不乱的情思，使得这首习见的闺怨词颇有几分新意。

暮春时节，昼长增加，阳光暖人，花色各异的牡丹开始争奇斗艳。但是大好春光，她不游春、不赏花，却一人闷在家中。罗绸的帷幔高高卷起，翠绿的绣帘兀自低垂，她手捧远方的来信，混着香粉、胭脂的泪水滴落下来，洇红了白纸红笺。信笺中，一横一竖、一撇一捺，每一笔字迹都是心迹。然而，信来，人不来，反而使她徒增幽怨。

冬去春来，南飞的燕子都已经回来了，可是他却迟迟未归，昔日许诺的约定，也不过如谎言一般，空让她苦苦守候，无法兑现。早知今日，何苦许诺将人误，香炉中的火已经燃尽，她却懒得去添；床上的枕套斜斜地坠在一旁，她也懒得去扶正。室内清寥的气氛、女子的哀伤形容跃然纸上。

窗外亮白如水的月华洒在娇羞的花上，花朵像是被月光吻过一般，更显娇艳。然而越是热闹的景，便越为相思所困之人添了落寞，既然无从获取慰藉，也只得在这思念的旋涡中兀自沉沦。

有人称赞这首词"如以线贯珠，粒粒分明，仍一丝萦曳"。民歌体的句式，三字成句，一句一意，而且句与句之间没有明显的过渡衔接。但词人故意设置的这些空白，恰似山写意画中留白，使人比勘揣摩，想象女子深藏的情感，然后将片段式的画面连缀成凄美的爱情故事。

—— 爱情的候鸟，忧伤的模样 ——

燕已归来，你何时还

——温庭筠《菩萨蛮·满宫明月梨花白》

满宫明月梨花白①，故人万里关山隔。金雁一双飞②，泪痕沾绣衣。

小园芳草绿，家住越溪曲③。杨柳色依依，燕归君不归。

【注释】

①宫：此指一般庭院住宅之类，非王者所居。

②金雁：指绣衣上的图案。

③越溪：古代越国西施浣纱处。

【花笺沁香】

只首一句，便将整首词提高至一个空明的境界。正如现代作家汪曾祺所说的："人人心中有，笔下所无。'红杏枝头春意闹'，'满宫明月梨花白'都是这样。'闹'字、'白'字，有什么稀罕呢？然而，未经人道。"一个"白"，便将"月华洒梨花"的那一派澄净、清明、静默以及凄然的境界抖擞而出。

那一晚的月华似水似琥珀，清澈如许，铺进她的宫室。她走至窗边，轻倚之上，望向外面。梨花朵朵簇簇欲要压断枝丫，色泽皎白如雪。她的视线越过梨花，落向比遥远更遥远的地方，她一厢情愿地想，或许再远一点儿，就能望见日夜挂肠之人。然而，重岩叠嶂，郁郁黑黑，折回了她的视线。千里万里，他终究离她而去。

她在深不见底的夜里，独自徘徊。低头之时，恰恰又瞥见有着飞翔姿势的双雁，泪水便一滴一滴滑落，沾湿了衣衫。离人最爱触景生情，每一个时节的转换，每对双宿双飞的大雁，都牵系着他们最敏感最纤细的情感。大雁飞过，从不在空中留下任何痕迹，然而，有些人总是太勇敢，让过去在心里猖狂，对过去念念不忘。

她家住在越溪旁，溪水蜿蜒曲折，流经她门前时，像是叮叮咚咚的风铃。早时，西子也曾于此浣纱，而今她也以清宁低婉之容，以端凝雅静之姿，在溪旁等待着春日再一次倾覆而来。然而，庭院中的芳草已然翠翠青青，杨柳亦在二月春风的剪裁之下，依依可人，堂前的燕子在飞走之后又飞回，而你为何迟迟不归？

双燕做伴，比翼双飞，是似曾相识的场景。如今，燕归来，人却忘了归期。

一个人的守候，把回忆当归宿

——温庭筠《菩萨蛮·南园满地堆轻絮》

南园满地堆轻絮①，愁闻一霎清明雨。雨后却斜阳②，杏花零落香。

无言匀睡脸，枕上屏山掩。时节欲黄昏，无憀独倚门③。

【注释】

①南园：泛指园林。

②却：用作副词，竟然的意思。

③无憀：无聊。

【花笺沁香】

词的上阕是一幅伤感却又不失清新的暮春时节图卷。南园之中，轻絮成堆，坠落满地，好似一团轻盈的云雾，又好似一掬不染尘埃的白雪。看来春光是挽留不住了，正在惆怅之际，清明时节的雨又急急落下。雨许是天空的眼泪，又许是云的心碎，当绵长细润的雨，洇湿了青砖白瓦的庭院，在窗棂上流淌时，那些与人共的情愫就会像蚕抽丝一般，一丝丝被剥离躯体，与雨天契合为一体。一个"愁"字，将女子惆怅寂寞的心境，和盘托出。

伴随着淅淅沥沥的雨声，不知不觉已是斜阳照射。经了一场风雨，园中皆是一片绿肥红瘦的景象。杏花虽然清香未殒，终究是零落了一地。终究还是为这幅晚春图画添了清凉的一笔。

女子睡起后，唯有枕屏掩映，此外无他人，故而也就无心装饰，只是懒懒地敷匀脸上因睡眠而弄得浓淡不均的脂粉，透出"谁适为容"的悲伤。

黄昏再美终要进入黑夜，这"半江瑟瑟半江红"的夕阳美景，掀起的只是更痛彻的愁苦罢了。正如金圣叹在《杜诗解·卷四》中总结到："唐人诗每用'愁'字，必以'暮'字对。秋乃岁之暮，暮乃日之秋也，都作伤心字用。"词中提到黄昏时，亦是一番揉碎人肠的惆怅。"时节欲黄昏，无憀独倚门"，哀伤中流泻的美，美中又掩饰不住悲愁，美人的幽幽怨怨的心事无可寄托，无可依附，也只有在黄昏时节，在夕阳的余光中独倚门扉。茫茫然中，是斩不断的忧思。

沈际飞在《草堂诗余》卷一认为此词"隽逸之致，追步太白"，评价颇高。

千帆过尽，失望湮没了希望

梳洗罢，独倚望江楼。过尽千帆皆不是，斜晖脉脉水悠悠①。肠断白蘋洲②。

【注释】

①斜晖：偏西的阳光。脉脉：含情凝视、情意绵绵的样子。这里形容阳光微弱。

②白蘋洲：开满白色蘋花的水中小块陆地。古代诗词中长用以代指分别的地方。白蘋，一种水中浮草。

【花笺沁香】

如若要给等待一个容器，怕是没有比江中之帆更合适的了。温庭筠的这首《梦江南》将闺中女子因思念而起的等待，因见归帆不见良人的惆怅和哀婉，如霭霭的烟云般，氤氲了整个黄昏。

那日清晨醒来后，她便梳妆打扮，要以最美的姿态等得夫婿归来。"独倚望江楼"，恰似一幅美人凭栏望归图。女子独倚高楼之上，身旁是广阔的江水，意境悠远广阔清朗，正衬托了她悒郁、惆怅，又有期盼、思念的矛盾情愫。时光无言，只在嘀嗒嘀嗒的声中，自顾自地流走。在这默默无期的等待中，往事好似一张无形的网，将她紧紧围住。她以为躲在回忆中，便不会体味疼是怎样的感受。

或许世上，最痛苦的事不是绝望，而是失望。因怀揣希望，便期期念念，用力用心用情去准备去等待，最终却发现一切不过是一个谎言。希望落空，幻想破碎，所剩无几的坚强，换成蚀骨的断肠。

那一日，太阳从东转至西，在她头顶的天空中划下一道弧线，像极了她无处安放的悲伤。"过尽千帆皆不是，斜晖脉脉水悠悠，肠断白蘋洲"，每一帆都是一朵小小的希望之花，却来不及开放，便孤寂地凋零。千帆过尽时，她心中的花海在一起一伏中，终于成了一片无澜的死海。寂静、沉静，江面上只剩下泠泠的江水，只剩下有着昏黄光晕的夕阳。她望着脉脉的斜晖和悠悠的流水，任凭柔肠一寸一寸断裂，失望的情绪在此推至高潮。词在此戛然而止，意犹未尽。

对于女子而言，帆船更像是她们的宿命。是它将那个人送到她的身旁，又是它不由分说地将他带走。在她坐在江边痴痴等他归来之时，帆船却空空如也，像是一场残酷的梦。

泪眼问花，怎与君同归

——韦庄《归国遥·春欲暮》

春欲暮，满地落花红带雨①。惆怅玉笼鹦鹉，单栖无伴侣。

南望去程何许？问花花不语。早晚得同归去②，恨无双翠羽③。

【注释】

①红带雨：落花夹带着雨点。红，即落花。

②早晚：何日，何时。

③双翠羽：双翅。

【花笺沁香】

　　每个人的一生都是一次荆棘丛生的旅程，充满坎坷与牵绊，途中还有着一次次刻骨铭心的相遇和别离。时间如白驹过隙，而往事如水，总那样一次次地就从指间轻易流走。跋涉在这羁旅之中，走走停停，不知与多少人相逢，也不知和多少人离散，谁又记得那个春日里最灿烂的笑容。世人不懂，绚烂为何总要被岑寂湮灭，春日为何来了又去，花朵为何开了又谢。自然界有自然界的规律，任谁都打破不了，于红尘之中，我们能做的，仿佛也只有在明媚的春日中喜悦，在春日离去时伤怀。

　　又是一年春将尽，一夜的风雨之后，落红满地。多情人看了这场景，势必要喟叹感慨一番的，韦庄是其中之一。他在清晨推门而出看见院落中绿肥红瘦，便随手写出"春欲暮，满地落花红带雨"。或许世人觉得他矫情，殊不知这正是敏感的花间词人最本真的姿态，如若他们像旁人那般，不声不响地将满院的落花扫去，那才是真正的做作。

　　闺中女子在这萧萧的世上独自徘徊，郎君在千山万水之外，再无音信。就连那玉笼中的鹦鹉亦是寂寞无声，怕也是因为这孤单无伴侣。她在一朵还未凋零的花前站定，含泪问道："南去的路程遥遥几许？"花只在清冷的风中轻轻摇曳，不言不语。"问花花不语"，读至此句，叫人伤怀又心疼。无论是闺房中，还是院落中，来来回回再找不出第二个人，他走得太久了，久到忘记了时间。她也寂寞得太久了，只得从一朵花中寻些温暖，寻些答案。

　　铅华褪尽，一切都是泡影。花开时妖娆，花落时凄凉，正如爱来时汹涌似潮，爱灭时寂如死穴。女子心有戚戚地说，什么时候我才能与你同归呢，只恨身上没有彩凤的双翼。原来，爱的路上藏匿着太多的波折，任谁都要受一番折磨。

离开了便再无归路，前一段旅程的爱情，再甜蜜鲜活，也只得再蒙上尘埃。花年年盛开，而陪同他看花的人已然被他丢在身后。

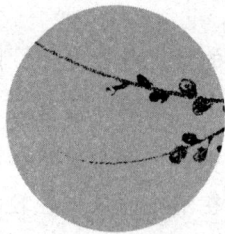

滴落的香露，是凋谢的韶华与爱情

——韦庄《更漏子·钟鼓寒》

钟鼓寒，楼阁暝^①，月照古桐金井^②。深院闭，小庭空，落花香露红。

烟柳重，春雾薄，灯背水窗高阁^③。闲倚户，暗沾衣，待郎郎不归。

【注释】

①暝：光暗淡。

②古桐：老桐。金井：雕栏富丽的井。

③灯背：意思是掩灯。水窗：临着水池的窗户。

【花笺沁香】

韦庄在词坛上，与温庭筠并称为"温韦"，温词秾丽，而韦词清新。韦庄多用白描手法，其词经得起咂摸，情感真挚深沉，细细回味便觉词中情愫弥漫充盈于肺腑间，久久不散。许昂霄《词综偶评》评韦词"语淡而悲，不堪多读"，皆是言其词情感深厚，非无病呻吟之作。这首《更漏子》便是如此。

韦庄这首词大篇幅在写景，却处处含幽幽思情。夜色中的楼阁浸在清冷的月光中，略显暗淡。大钟厚重的回响飘荡在它们之间，衬托着夜色的寂寥。疏落的古桐静静守候，投落一片斑驳的黑影，打在华美的井栏上，显出几分落寞。

庭院深深深几许，紧紧关闭的院落中，空空荡荡、万籁无声，故而她徘徊的脚步、汹涌的思念更显铿锵猖狂。她伫立闲阶，看到清露悄然滴落，花瓣便带着浓郁的香气簌簌地落下。这满地的落红又何尝不是她凋零的青春与爱情呢？

"落花香露红"历来受各家好评，清人陈廷焯便在《白雨斋词话》中云："落花五字，凄绝秀绝。"其"秀绝"在于落花暗香残留、粉嫩依旧；其"凄绝"在于此花虽美却已没了生命的力量，空有一番美丽却要随土化去。如此一幅夜景图，经由词人工笔写意，浓浓的哀伤渗过纸笺，轻轻拨动观者的心弦。

黎明之时，露重雾稀，杨柳低垂，而这个黯伤良久的女子，仍旧背着灯、望着窗，痴痴等待着心上人归来，却仍旧是所望不遂，泪下沾衣，满心愁苦，再也腾不出多余的心力去做思念以外的事情，唯有"倚户待君"。

明末清初的文人王船山曾说："情景名为二，而实不可离也。"

用在韦词这里恰如其分。钟声、淡月、坠露、疏桐皆是夜中之景，正托出夜的凄凉与寂寞。而后主人公千呼万唤始出来，举手投足间回应景色中悲戚情语。如此一来，思妇于夜中念远徘徊时的万种离愁，一腔哀怨，显露无遗。

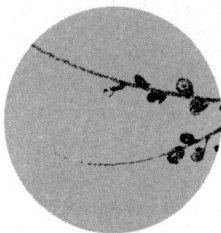

天涯海角梦难寄

——韦庄《木兰花·独上小楼春欲暮》

独上小楼春欲暮，愁望玉关芳草路^①。消息断，不逢人，却敛细眉归绣户。

坐看落花空叹息，罗袂湿斑红泪滴^②。千山万水不曾行，魂梦欲教何处觅。

【注释】

①玉关：玉门关，这里泛指征人所在的远方。

②袂（mèi）：衣袖。红泪：泪从涂有胭脂的面上洒下，故为"红泪"。也可以理解为血泪。

【花笺沁香】

爱情是美的，亦是痛的。或许，美与痛总是毗邻，无论幸与不幸，都要受相思之苦。然而，爱情中若是思念缺席，或许就如金秋不见叶落，冬日没有雪飘，成了一场缺憾。甜蜜到底的爱情，完美无缺的风景，能取悦一时，却很难被铭记一世。多转几个弯看到的风景才会带来更多惊喜，经历更多挫折得到的成功才更珍稀，别离是苦，相思会痛，爱情由此千回百转，有滋有味。

愁肠百结时，她孑然登上小楼，在空旷背景的映衬下，她娇小的身姿显得楚楚可怜。当春意阑珊之景摄入她的瞳孔时，一腔悲戚之感也纳入了她的心底。萋萋芳草铺路，延展到天之涯海之角，任凭她踮起脚尖也不能望见情郎的身影，况且玉门关远在千里之外，视线又怎能抵达。玉门关遥不可及，本已愁煞离人，雪上加霜的是消息断绝、问路无人。失望之余，她自觉无可再望，只得微蹙着愁眉，回到绣帘窗前。

回到闺中，视线收敛，女子悲情难定。花红飘飞，落至女子心湖，又激起她对花瓣的怜惜，也由此引起她沉沉的叹息，她的思念、期盼正像这落红归去一般，即便还有嫣红，也不过枉然的结局。一个"空"字，将生命陨落和思念无望的绝望感烘托得无以复加。

相思情浓时，不得不寄托于梦境，可是对于一个从未出过远门的女子来说，因为不识路，即使在梦中飞至情郎身边也不过是一种奢望。高楼远眺，泪眼蒙眬；绣户垂泪，悲从心来；夜不能寐，梦魂无所寄。词人工笔细描，把思妇眼中的景写得不胜凄凉，把思妇心中情意表述得字字真切。全词虽然没有华丽的文辞，但浅白、通俗的长短句反而给人一种真实的痛感。

江水茫茫，只见空帆不见归人

——薛昭蕴《浣溪沙·红蓼渡头秋正雨》

红蓼渡头秋正雨①，印沙鸥迹自成行，整鬟飘袖野风香。

不语含嚬深浦里②，几回愁煞棹船郎③，燕归帆尽水茫茫④。

【注释】

①蓼（liǎo）：一年生草本植物，多生于水中，味苦，可作药用。

②含嚬（pín）：愁眉不展。浦：水滨。

③愁煞：愁极了。棹（zhào）船郎：船夫。

④帆尽：船已远去，不见帆影。这里词人以"帆"借代船只。

【花笺沁香】

水边紫红色的蓼花微微弯曲，好似红妆女子低头沉思；沙滩上海鸥成行，犹如漂泊孑然的游子。在迷津渡口边上，这一红一白互相掩映，被雨雾缭绕，点缀着浓浓秋意、凄凄冷雨。而秋景中有佳人在风中独立江头，不吝衣衫被雨水打湿、精心打理的发髻被秋风吹散。如此凄风苦雨中，她一人伫立凝望、盛装等候，又是为了谁、为何呢？是在观赏这由秋风、秋雨、红蓼、沙鸥勾勒出的景致，还是在盼望心上人归来？或许都是，或许都不是。

上片未曾揭晓的谜底，在过片处便有了答案。"过片不可断了曲意，须要承上启下"，薛昭蕴的这句"不语含嚬深浦里"恰好能起到承上启下的作用。她默默无语地站在深浦中，不找船，不渡舟，不语不笑，不动不走，急坏了不明就里的船夫。燕子已经归来，船只已然行尽，却依旧不见女子要等的人。

江水托起行船，船托着梦，有游子商贾功成名就、名利双收的梦，还有思妇盼君归来的梦。船从这个岸出发，又从另一个渡口返航，有人梦圆，也有人肠断。薛昭蕴词中的女子就是为情断肠的一个，泪水打湿一张俏脸，精心理好的妆容她也不在意，良人未归，再美又给谁看呢？

水天交接处，只见空帆不见归人。而思念之人的等待，已然成为一种姿态。这仿若一幕《等待戈多》的戏剧，戈多说他一定会来，而等待之人便信了。今日不来，明日会来，如若明日还未来，还有明日的明日。总之，他们深信总有一天会等来戈多。然而，或许等戈多来时，他们会发现，戈多已并非是从前的戈多了。

心碎的尺子，无法丈量相思

——牛峤《菩萨蛮·舞裙香暖金泥凤》

舞裙香暖金泥凤[1]，画梁语燕惊残梦。门外柳花飞，玉郎犹未归。

愁匀红粉泪，眉剪春山翠。何处是辽阳[2]，锦屏春昼长。

【注释】

[1]金泥凤：用金粉涂印的凤凰图案。

[2]辽阳：在今辽宁省。此处泛指征戍之地。

【花笺沁香】

　　情到深处便成梦，殊不知梦比纸还要薄，等黎明的光芒轻轻一戳，好梦就如泡沫般破了。花间词人，最是痴情，最爱做梦。梦想着在明丽的春日，在无人的角落，和心爱之人，呢喃倾诉，却从未想到天是破晓的，梦也是会被双燕惊醒的。

　　想见不能见，徒增了思念。思念至极处，便去梦里相会。那一日午睡时分，她悄然入梦，她要以最美的姿态与他重逢，故而她拿出了他最喜欢的那件饰有凤凰图案的舞裙，又细心地为它香薰，最终穿在身上时，她禁不住内心的欣悦，竟翩翩跳起舞来。偏偏画梁上不解风情的燕子，叽叽喳喳，无端惊醒了她缠绵的梦境。

　　带着支离破碎的心情，她走至门扉，掀帘而望，此时已是暮春时节，柳絮如雪纷飞，而丈夫犹未归，难免使她满心惆怅。牛峤写词向来注重练字造句，一个"犹"字，便把女子怨而不怒的缠绵悱恻之情，刻画得入木三分。梦虽被惊醒，但怀念之思却从未断绝。强撑着坐于梳妆镜前试妆，殊不知泪一滴滴滑落，沾湿了红粉，也只得以泪匀面。倏然间又想起，他在时曾轻轻为她画眉，那颜色略淡、清秀净朗的眉黛，让他颤抖心动。而今他们天各一方，她堪与春山争翠的翠黛，也凝锁了淡淡的哀愁。

　　她不曾知晓到底与丈夫隔了几道河几座山，只是这千山万水的距离，她都用绵长的相思去丈量。他身在哪里，都不曾走出她的惦念，他的每一步都踩在了她的心上。故而银屏独坐时，如丝如缕的愁绪，纷纷扰扰地向她涌来，在等待中，连春昼都变得绵长难挨。春日怀人词，向来不在少数，而此词语言俊丽、曲折传情，不失为一阕佳作。

爱情的候鸟，
忧伤的模样

99

恨在眉头，爱在心头

——顾敻《虞美人·深闺春色劳思想》

深闺春色劳思想，恨共春芜长①。黄鹂娇啭呢芳妍②，杏枝如画倚轻烟，锁窗前③。

凭栏愁立双蛾细，柳影斜摇砌④。玉郎还是不还家，教人魂梦逐杨花，绕天涯。

【注释】

①芜：野草。

②呢：呼。

③锁窗：镂刻连锁纹饰的窗户。

④砌：台阶。

【花笺沁香】

于花间词派中，顾夐的成就自然不及温庭筠和韦庄，而这首闺怨词历来受到好评，融温词之秾丽、韦词之质朴于一体，词境深婉，确有《古今词统》所说的"曲折之妙，有在诗句外者"。

尘世再浑浊，人们也愿意在心里收拾出一个干净无瑕的角落，撒上理想爱情的种子，待春日来临时，开出淡淡的紫色小花，馥郁满香。然而，这爱情的图腾并非一个人就能完成，当他不在身边时，一切都是幻境。无论春色怎样迷醉人心，对于这位深闺女子来说，都是恼人的。每天从清晨至日暮，她在等待中憔悴了容颜。爱而等待，等待不得便生怨，怨至极处便成恨。她看到芳草萋萋，愁绪也便随春草一样疯长。

携着爱恨交织的情愫，她挪至窗边，掀起绣着鸳鸯图案的绣帘，只见庭院中黄鹂娇啼，杏花恬静，馨香飘送，又有淡淡轻烟迷蒙笼罩，静中有动，好不热闹，宛如工笔花鸟画一般，美不胜收。然而她这番所见、所闻、所嗅的景致，却并未拂去她的丝毫愁绪。

春色撩人，也撩拨着她的哀伤，她并不满足于隔岸观花、水中望月，于是莲步轻移、罗裙微动，款款登楼凭栏而望。轻柔的柳树在台阶上撒下轻柔的影子，微风一过，柳影随柳条轻轻晃动。在这极为静谧的景致中，她仍是蛾眉微蹙，不展笑颜。

原来女子之所以恨，之所以无心赏大好春景，皆由"玉郎不还家"而起。杨花摇落，纷纷扬扬，让她在梦魂中追随至天涯海角。然而，这不顾一切的追溯，又何尝不是在寻觅玉郎的身影呢？

其实，有他的地方，天涯海角都是家，而他离去，闺房也成天涯海角。

承载不住的无奈与心酸

陇云暗合秋天白①，俯窗独坐窥烟陌②。楼际角重吹③，黄昏方醉归。

荒唐难共语，明日还应去。上马出门时，金鞭莫与伊。

【注释】

①陇：泛指今甘肃一带，因有陇山而得名。

②烟陌：尘雾弥漫的道路。

③角：号角。

【花笺沁香】

秋日的天空空旷澄蓝，一片片云朵随着时间的推移慢慢地聚合在一起。到了日暮黄昏，天边暗云四合，天色转而变得惨淡，就像那倚在窗边的女子那沉闷压抑的内心。之所以满心惆怅，大概是等待所致。她在窗前已独自等待了一天，心心念念盼着郎君归来，但暮色四起，倦鸟归巢，远处城楼上的号角又吹了一遍，也没能盼到他的身影。

一直等到天边只余一丝光亮，她所等待的人终于醉醺醺地归来了。

本来积攒了一腔想念，还有许多埋怨的、欢喜的、悲伤的话想要对他诉说，但看到他那副醉态，又听着他满口胡言乱语，似乎说什么都是枉然。女子沉沉地叹着气，只把满心的委屈全忍了下来。明日再来抱怨吗？只怕天一亮，又不知道他要去哪里寻花问柳。对这风流的薄情人，她失望至极，却无可奈何，既已嫁为人妇，便没了退路可走。她暗自思忖，莫不如等明日他上马出门时，不把马鞭给他，让他无法离去。就这么想着，她心中倒也痛快了许多。

晚清词人况周颐曾说："词过经意，其弊也斧琢；过不经意，其弊也襕襸。不经意而经意，易；经意而不经意，难。"一首词经精心写就，但是又无斧凿痕迹，显得自然而然的，最是难得。尹鹗创作的这首《菩萨蛮》，就是这种"经意而不经意"之作。一个"窥"字，一个"重"字，轻描淡写，却精准地表现出了女子内心的焦急。越是期盼，不见良人时的失望就越深，她望穿秋水终于盼来的郎君，却以一副踉踉跄跄的醉相出现在她的面前，一个"方"字最能形容女子复杂的心情——有着忧心坠地后的舒然，亦饱含对醉归男子的怨愤不满。

　　窗外的风景一年四季总是不同，城楼上的号角依旧在黄昏时分响起。在那悠长而凄凉的角声中，也不知有多少痴情女子就在迷茫的等待中，老了容颜，去了芳华。

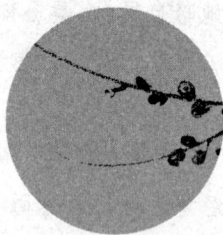

形单影只到天明

——尹鹗《满宫花·月沉沉》

月沉沉，人悄悄，一炷后庭香袅。风流帝子不归来，满地禁花慵扫。

离恨多，相见少，何处醉迷三岛①？漏清宫树子规啼，愁锁碧窗春晓。

【注释】

①三岛：古代传说海中有三神山，名蓬莱、方丈、瀛洲。此处泛指仙境。

【花笺沁香】

不知不觉又到了傍晚时分，夕阳坠入湖中，隐没于迷蒙的山的另一侧。月亮晃晃悠悠升起来，却不似往日般皎洁、透明，仿若蒙了一层灰尘，沉沉暗暗，如望月之人的双眸一般，因看不到心上人而毫无生气。此时，万物皆已沉睡，悄无声息。她于后庭中点燃一炷麝香，袅袅烟絮盘旋着上升，而后不见踪影，只剩下若有若无的香气沾染了她的衣袖、她的落寞。望尽天涯路，亦望不见昔日的风流子弟，今日她又要一个人在夜中徘徊，挨到天明。纵然落红满径，她也懒得去扫。

北岛说："你没有如期归来，而这正是离别的意义。"诚然如是，世间的相聚总是比离别少一次。男子走时，一步一徘徊，而今却不知沉醉何处，忘了归期。正当她愁锁碧窗、离恨满怀时，隔窗又听见子规的声声哀鸣，好让人恼。

春末夏初，乡下树林中时常会传来"布谷，布谷"之声，婉转、悠扬。这"布谷，布谷"之声，又恰似深情而忧伤的"不如归去，不如归去"，听了不禁叫人断肠、惆怅。我国自古便有"杜鹃啼血"之说，诗词歌赋中常借其抒发悲苦哀怨之情。

尹鹗为花间词人，虽入选《花间集》之词仅仅六首，但自成一体，颇有自己的风格，亦是《花间集》中之珍品。陈廷焯于《云韶集》中评论此词曰："绮丽风华，仿佛仲初宫词。"俞陛云于《唐五代两宋词选释》中亦云："此词写宫怨。诗人身值乱离，怀人恋阙，每缘情托讽。宛转、清丽。"

不能了却的牵挂

——毛熙震《临江仙·幽闺欲曙闻莺啭》

幽闺欲曙闻莺啭[1]，红窗月影微明。好风频谢落花声[2]。隔帏残烛，犹照绮屏筝。

绣被锦茵眠玉暖[3]，炷香斜袅烟轻[4]。淡蛾羞敛不胜情[5]。暗思闲梦，何处逐云行[6]？

【注释】

① 啭：一作"转"。

② 频谢：频频吹落。

③ 眠玉：比喻睡眠中的女子，极言女子的肌肤如玉般润滑。

④ 斜袅：袅袅斜飘。

⑤ 淡蛾：淡眉。不胜情：承受不了相思之情的煎熬。

⑥ 云：代指行踪不定的游子。

【花笺沁香】

黎明时分，月色淡去，天光渐明，几声清脆的莺啼声越过幽闺的绮户，连同清风吹落花瓣的声音，清晰地传入闺中人的耳朵。簌簌落花的声音，虽似有还无，却被已然醒来的女子敏感捕捉到。女子掩在深闺，她的喜怒哀乐人们并不知晓，但一个"谢"字便将她的哀怨捧出。

透过轻薄的帷帘，昏暗的烛光照着华丽屏风上的宝筝。宝筝已经许久不弹，在跳跃的烛光下，显出几分落寞。是啊，情人不在身旁，弹出的婉转乐声又给谁听呢。一人独奏，不过是徒增幽怨罢了。"犹照"用得实在是迂回有致，时间好似不曾对它有什么左右，一直像现在这样静静地待着。

天又亮了几分，但女子仍是不愿起身。她香肩外露，裹在温暖的绣被锦茵中，静静看着香炉中燃起的香薰在屋内盘绕扩散，眼神中透着百无聊赖的落寞。倏然间，她好似记起梦中缠绵的情景，不禁拽起背角盖住了半边绯红的脸颊，露着淡淡的蛾眉，娇羞不已。

却偏偏，好梦难留，纵然梦中与日夜思念的郎君缱绻相逢，但梦醒后，一切都是她睡前的模样，好似什么都不曾发生过。他恰如那行踪不定的流云，她永远不知他的一下站将是何处，唯有在牵挂中日复一日地等他漂泊得累了、倦了，然后归来。

全词在女子饱含忧虑、思念的疑问中收尾，使得词境有余音绕梁的妙境，"婉转缠绵，情深一往，丽而有则"（《白雨斋词话》），让人久久回味。

——路遥遥，夜漫漫，伤离别——

香烛滴泪，难以成寐

——温庭筠《菩萨蛮·玉楼明月长相忆》

玉楼明月长相忆，柳丝袅娜春无力。门外草萋萋①，送君闻马嘶。

画罗金翡翠②，香烛销成泪③。花落子规啼④，绿窗残梦迷⑤。

【注释】

①萋萋：形容草长得茂盛的样子。

②画罗：绣花的帐幕。金翡翠：指用金线盘绣制成的翡翠鸟的图案。

③销：融化。

④子规：鸟名，也叫杜鹃鸟。相传为蜀帝杜宇所化，鸣叫时啼血，常借以抒发悲苦哀怨之情。

⑤绿窗：指女子的居室。

【花笺沁香】

读罢温庭筠的这首《菩萨蛮》，便知此是一首怀人忆人词，浓浓的忧愁像水一般溢出杯子，蒸发后，空气中尽是凄凉的味道。正如周济在《介存斋论词杂著》中所说："《花间》极有浑厚气象。如飞卿则神理超越，不复可以迹象求矣，然细绎之，正字字有脉络。"

明月的清辉在阁楼上轻轻流淌，照亮了不大的庭院，也照亮了她幽幽的思念。昨日如水的月华还曾见证他们比蜜还甜的相会，今日的明月便看到了她的形单影只。婀娜的柳枝随风轻轻飘荡，在地面上画下一道又一道不规则的弧线，像她茫然飘零的心，又像她毫无形状的惦念。

送别之际，她定然是红了眼眶，或许也说了好些诸如安好之类的嘱托，却未把挽留的话说出一句。只等他走了，看到萋萋芳草，听闻马的嘶叫声，才猛然觉得他的离开是千真万确的了，不由得惆怅倍增。玉楼明月、柳丝袅娜、芳草萋萋，这本是令人沉醉的意象和画面，然而经过温庭筠的点染、润化，则氤氲出浓郁的离愁别绪，真可谓是大家手笔。

她慵懒地回到闺房，室内画帘低垂，轻纱朦胧，其上绣的金翡翠虽然优雅高贵，却是单栖无伴，与孤苦伶仃的她别无二致。香烛燃烧时淌下的烛油，竟如美人的眼泪。此处不说人哭泣，而说蜡流泪，这移情的手法，将女子的痴情、幽怨表现到了极致。

末句"花落子规啼，绿窗残梦迷"更令人销魂，窗外月色朦胧，她见到花落春残，听到子规悲啼，便触景生情，难以成寐。清人陈廷焯于《白雨斋词话》中云："字字哀艳，读之销魂。"也确属实至名归了。

情未已，物是人非

——温庭筠《酒泉子·罗带惹香》

罗带惹香①，犹系别时红豆。泪痕新，金缕旧，断离肠。

一双娇燕语雕梁。还是去年时节。绿阴浓，芳草歇②，柳花狂③。

【注释】

①罗带：丝织衣带。古时候常将衣带结成同心结赠与情人，因此罗带也是坚贞爱情的象征。

②歇：散发香气。

③柳花狂：柳絮漫天飞扬的样子。

【花笺沁香】

爱情在动静之间徘徊，缘分在聚散之间流转。或许，寂寞的女子总是等待邂逅一场烟花，但是等来的、得到的，都不过是个错误而已，在他停留片刻又离去的时刻，一切都会消散在寂寂的夜空中。

一人的生命中有多少人出现，就有多少人退场。分别让世人忧伤，世人却从未在一次又一次剧痛中学会遗忘。他遗留的柔软细密的罗带还散着清香，颗颗红豆亦是让她的惦念无处躲藏。宁愿选择恋恋不舍，也不愿对往事说再见，与旧时光拉扯出的撕心裂肺的疼痛，终还是让她泪下千行。金缕上的泪水干了又湿，湿了又再干，在反反复复中她已是肝肠寸断。华钟彦在《花间集注》中将女子的愁绪说得实在是透彻："泪痕新，金缕旧，断离肠——泪痕新：言别情之深也；金缕旧：言别日之久也；断离肠：言相思之切也。"

顺着时光溯洄从之，她依然记得去年之时，他们携手游春，相聚相恋，甜蜜纯粹得好似一面不染尘埃的镜子。而今两人的爱情中间横亘了万水千山，孤独寂寞的她听到成双成对的燕子在雕梁上轻语呢喃，更觉物在而人事已非。此刻间，仿若草木也感知到女子低落的情绪，受她感染而哀伤消沉。绿荫浓重、芳草消歇、柳絮随风狂舞，俨然一幅花草衰败、狂风大作的暮春萧瑟图。

世人一直是爱情忠实的信徒，却在虔诚的膜拜中，频频受伤。想要躲，无处遁形；想要藏，欲盖弥彰；想要治，无药可解。唯有在爱来时，努力去爱；在爱消散后，坠入相思的旋涡。

在未知中期待，在等待中思念

——温庭筠《菩萨蛮·杏花含露团香雪》

杏花含露团香雪，绿杨陌上多离别。灯在月胧明[1]，觉来闻晓莺。

玉钩褰翠幕[2]，妆浅旧眉薄[3]。春梦正关情，镜中蝉鬓轻。

【注释】

①月胧明：形容月色朦胧。

②褰（qiān）：揭起、撩起。翠幕：翠绿色的窗帘。

③旧眉：古代女子化妆，眉毛最重要，这里以旧眉指代前晚残妆。薄：淡。

【花笺沁香】

晓莺似乎是声音最为动听的歌者，清脆、干净、纯粹、嘹亮，每日清晨它都不吝啬自己的歌喉，于枝头俯瞰世间，唱起轻快之歌。殊不知，它的欢愉恰恰是世人苦楚之源。歌声穿过枝丫，穿过薄如蝉翼的阳光，穿过雕花的窗棂，到达女子闺房时，常常搅乱她们的春梦，好让人烦恼。

夜中杏花团团簇簇，色泽洁白如雪，香味幽而清然，又有盈盈清露滴落，委实惹人爱怜。然而，景色有多美，离人便有多不舍。陌上春晓，杨柳依依，更把这一番离愁别绪分明地说出。室内残灯欲明将熄、帘外残月朦胧，女子刚刚入梦，便又闻晓凄清如水的莺啼，生生把这一帘好梦断送，惆怅涌上眉间，又涌上心头，无人能解，唯有他归来。

凝神片刻，窗外既明，她用玉钩挂起翠绿色的窗幕，却仍是提不起精神。昨日浓妆艳抹、施粉涂朱待他归来，而暮色四合时，依旧不见他的踪影，或许这一生也就在等待中过去了。纵然醒后粉褪朱消、眉黛失翠，她也是慵慵懒懒的，连画眉的心情都没有。他不回来，就算是红颜倾城，又给谁看呢？

"春梦正关情，镜中蝉鬓轻"，淡语收浓情，轻描淡写地结束全词，而其中蕴含的情意却如流水般绵延不绝，润润地就淌进了人们的心窝里。

温庭筠善于在繁复的意象中营造一种清丽的意境，胡国瑞就此曾在《论温庭筠词的艺术风格》中说："温庭筠的词，尽管由于饰物的繁丽，往往使读者感到厌烦，但它仍能给予读者无限清新之感，这种感觉乃是从其人物图画的自然景物中产出的。"细细咂摸，确实如此。

雨不是眼泪，却比眼泪更悲伤

——温庭筠《更漏子·玉炉香》

玉炉香，红蜡泪①，偏照画堂秋思②。眉翠薄③，鬓云残④，夜长衾枕寒。

梧桐树⑤，三更雨，不道离情正苦⑥。一叶叶，一声声，空阶滴到明。

【注释】

①红蜡泪：唐代诗人杜牧《赠别》中有："蜡烛有心还惜别，替人垂泪到天明。"

②画堂：华丽的内室。

③眉翠薄：眉间涂画的翠色已经淡薄。古代女子以翠黛画眉。

④鬓云：鬓发如云。

⑤梧桐：落叶乔木，古人以为是凤凰栖止之木。

⑥不道：不顾，不管。

【花笺沁香】

秋日里的每一滴雨都曾经有一个美丽的愿望，然而愿望越是美好如斯，成空时便越残酷伤人。温庭筠是感受过这样的温柔却残忍的雨的，幸然他有一支笔，能把这难以说出的情绪拿捏到位，好似是女子手中的线，在针的引领中，游龙般纳入世人心底。

温庭筠的词向来以浓艳著称，而此首词却洗尽铅华，清丽不乏浓情，浅淡却不乏悲伤，是广为传颂的佳作，无怪乎清人陈廷焯评此词云："已臻绝诣，后来无能为继。"诚然如是。

又是一个无眠的秋夜，深夜易生秋思。然而这秋思是看不见，亦摸不到的，温庭筠却偏偏用一个"照"字修饰，且是"偏照"。"玉炉""红蜡"，本是女子室内精致华美的陈设，一个"香"，营造的是朦胧缥缈的气氛，一个"泪"氤氲的却是忧伤的意境。温庭筠是这般巧妙地将室内之物与人之伤感连缀为一体。翠黛画眉，眉如远山，蕊黄贴鬓，鬓如朝云，温庭筠笔下的女子仿若不是世间之人，而是天上之仙。然而，此时，女子黛眉稍稍浅淡，双鬓微微凌乱，只觉得长夜漫漫，衾枕生寒，辗转反侧，再无睡意。

更愁煞人心的是窗外的雨，滴滴打在梧桐上。"一叶叶，一声声，空阶滴到明"，似写雨，实则写人，是雨声，更是泪声心声。一叶叶，一声声，叠字运用，参差错落，使夜中之雨更加绵长，使无人之院更加寂静，使无眠之人更加悒郁。雨滴在空阶上，滴到天明，她亦在衾寒中听了一夜的雨。不管是室内不眠的女子，还是提笔写伤情的词人，抑或是手持词卷诵词的读者，都在这雨中消了魂。

道不尽的惆怅，诉不尽的相思

别来半岁音书绝①，一寸离肠千万结。难相见，易相别，又是玉楼花似雪②。

暗相思，无处说，惆怅夜来烟月③。想得此时情切，泪沾红袖黦④。

【注释】

①半岁：半年。

②玉楼：闺楼。花似雪：梨花如雪一样白。指暮春时节。

③烟月：指月色朦胧。

④黦（yuè）：黄黑色。这里形容经常哭泣，红袖上泪痕点点。

【花笺沁香】

时光碾过红尘，春风吹过千树，荷叶遗失了罗裙，季节的年轮还在重复春夏的修辞，而曾经的相遇，却谱写出了断人肠的离歌。一枝败露的垂柳，折断了许多情节。繁花如流水，曾经虽斑斓耀眼，终会突兀地枯枝殆尽。离别之时，两行清泪，道足了情深恨切。

离别半年，竟只字未传，相思甚时，便是"一寸离肠千万结"。"一"言其短，"千""万"言其多，韦庄用数字表现离愁的程度，用数字之间的悬殊与夸张渲染离愁的密度，在实实在在的对比中，收到了强烈的艺术效果。

同样是在玉楼之上，同样是花瓣飞舞似雪般的日子，时间、地点都与往昔契合，而他们玫瑰色的爱恋，却只是留下了一个决绝的背影，留下了如泣如诉的悲情。相遇需要积攒缘分五百年，而分别却只需一瞬间。相爱需要两个人才能完成，而背离却是一个人便能完成的事，想想爱情的世界，也真是让人伤感。

当春风乍起，思念就藏在湖面泛起的微波里；当秋雨缠绵，思念就藏在屋檐洒落的滴答声中。思念无处不在，折磨着她的每一根神经。欲要找一个出口，却只是枉然。唯有对月惆怅，独自哭咽闲愁，含恨暗自伤怀。明月曾见证过他们的夜半私语、花下相约，却又来偷窥她的悲伤、痛楚，怎不叫她惆怅。越想越是悲戚，忍不住泪落双颊，沾湿红袖。

王士禛在《花草蒙拾》中评价"泪沾红袖黦"时说："花间字法最著意设色，异纹细艳，非后人纂组所及，如'泪沾红袖黦'……山谷所谓古蕃锦者，其殆是耶？"这也是对韦庄遣词造句功夫的最高评价。

爱有多深，离别便有多痛

莺啼残月，绣阁香灯灭①。门外马嘶郎欲别，正是落花时节。

妆成不画蛾眉②，含愁独倚金扉③。去路香尘莫扫④，扫即郎去归迟。

【注释】

①绣阁：旧时女子的闺房。

②蛾眉：形容女子细长而柔美的眉毛。

③金扉：闺阁房门的美称。

④香尘莫扫：古代民间习俗，凡家中有人出门，忌日家人忌扫门户，否则行人将无归期。香尘，指遗留有郎君香气的尘土。

【花笺沁香】

在短小的篇幅中，锤字炼句，达到不尽之意，方为最佳，因此令曲中词最难作，诗中则当属绝句最难。《花间集》中温庭筠和韦庄的词作被誉为是词的佳作、法则。韦庄的这一首《清平乐》便深得其妙。

每个人都是一座孤岛，得千金如拾地芥，求知己若摘星辰，当一个倾心的人出现在生命中时，内心哪能不悄然颤动。然而有相遇便有别离，有欢欣便有伤痛，相守时的甜蜜实则是别后的毒酒。良宵尽时，一切不过是镜花水月。

天将破晓，残月斜挂，和着黄莺的啼鸣，天地间的寂寥与凄清如胶片显影般，轮廓愈来愈清晰。绣阁之内，香灯尚未点亮，在凄凄暗暗中，他们仍在话别。无非是些不忍离散的言语，絮絮叨叨了整夜，依旧难舍难分。黎明冲破黑暗时，便是丈夫离去时，门外的马开始嘶叫起来，纵然妻子有千般不舍，万般无奈，终究挽留不住他的脚步。落花洋洋洒洒，漫天飞舞。

她也想好好地送他一场，将自己打扮成他喜欢的样子，蛾眉似远山，双颊似桃红。许是太过伤怀，许是太过无奈，她只是简单地梳妆，连双眉也懒得去描画了。自此每日只是满怀相思地独自靠着门扉，望着丈夫所经过的道路。

情到极处便成痴，她在魂不守舍的生活中，竟还说莫要扫去丈夫离开时所经过的道路上的尘土，如若扫去，就得担心丈夫迟迟归来。路尘是否被扫自然与丈夫是否迟归无甚关联，然而无理语正是至情语，故而汤显祖云："如此想头，几转《法华》。"

爱是悲喜交加的过程，正因了这煎人的离别，才知晓情有几许，爱有多深。

和泪弹一曲，愿君早日归

——韦庄《菩萨蛮·红楼别夜堪惆怅》

红楼别夜堪惆怅①，香灯半卷流苏帐②。残月出门时，美人和泪辞。

琵琶金翠羽③，弦上黄莺语④。劝我早归家，绿窗人似花。

【注释】

①红楼：泛指女子所居住的房屋。

②流苏：帷帐用的穗状垂饰物。

③金翠羽：为防止弹拨损伤，在琵琶上嵌金点翠的装饰。

④黄莺语：这里琵琶声像莺啼般婉转动听。

【花笺沁香】

在那最好的时光里，最好的机遇，莫过于遇到一个合适的人，从此两两执手，度春秋暖风尘。然而，年华似水匆匆一瞥，多少岁月便轻描淡写地过去了。最好的时光往往以离别收场。

将要分别的时刻，他们都无法安然入眠。华丽的闺房内，罗帐结彩下垂，烛香幽然缭绕，他们只是无言地轻轻相拥，仿佛此时说什么都是心伤、都会惆怅。曾以为两人结为连理便会长相守，谁料好时光竟然一晃而过，只留下她一人在这萧索的世间流离。

最是道别的时刻，才后知后觉地明白他们是怎样爱着对方。愈是不能挽留，爱愈是沉重，所谓痛彻心扉也便来得更为凶猛。月将残，别宵苦短，离别终究是挡不住的，从此海角天涯，后会无期。泪水和着心伤，连一声"再见"都说不出。

说不出的话语，就让琵琶声代言。因她擅弹琵琶，他便为她买了一把雕饰精美、嵌金点翠的琵琶，纤纤素手轻轻拨弄，弦上之音便婉转似莺啼。今日一别，和泪再为他弹奏一曲，声声带情，情中是期许，愿他早日回家。况且绿窗下相待之人貌美如花，他又怎可游而忘返？

陈廷焯对韦庄词十分推崇，认为韦词看似直白实际迂回曲折，其情看似畅达实际郁结，"最为词中胜景"（《白雨斋词话》），本词即体现了这一特点。

时间和距离总是把真心化作了无奈，闺房之中充盈的仿若也尽是思念与等待，但人一生中若得遇一个值得自己倾心等待的人，未尝不是一件幸运的事，只是这份幸运总是要由寂寞作陪。

寂寞心事谁人知

　　暖日闲窗映碧纱，小池清水浸晴霞。数树海棠红欲尽，争忍①，玉闺深掩过年华。

　　独凭绣床方寸乱②，肠断，泪珠穿破脸边花。邻舍女郎相借问③，音信，教人羞道未还家。

【注释】

①争忍：怎能禁受。

②凭：此处是倚靠的意思。床：古人坐卧之具皆曰床。方寸乱：心乱。

③借问：向人询问。

【花笺沁香】

透明而温暖的阳光，透过纱窗一寸寸照进闺房。春天一到，时光就这么一点一点温暖了日子，春风一寸一寸吹绿了世界。所谓"岁月静好"，大抵就是眼前这个样子。

一片海棠树林立在庭院中央，红艳艳的花朵娇艳欲滴，妩媚非常。但已有些许的花瓣掉落在树下的泥土中，大概花期快要过了，海棠花就要开尽了。时光再静都无法止住脚步，岁月不能永远停留在花开刹那。正青春芳华，她却日日深锁闺中，看自己的年华如同海棠花一样一瓣一瓣凋落，无计留春住。怎么忍心？红颜易老，韶华易逝，是谁不肯珍惜这花开时节？

她斜倚在绣床边，寂寞心事无处诉说。眼泪开始止不住地往下流，相思真叫人肝肠寸断。他这一去，已过了数月，叫她如何能不想念？甜蜜热恋尚未褪去，两个人却要分开这么久。再见是何时？

泪水浸残了妆容，泪痕凌乱。邻家姑娘不期而至，她慌忙用袖子拂去泪水怕叫人看见笑话。对方却分明瞧出了她眼中的泪意，于是问道她的夫君何日归来？事实上那人音信全无，这如何对别人述说，她只好害羞地说"不知道"。

这首词的作者欧阳炯是典型的花间派词人，雕字琢词的功力十分了得。开篇通过一个"闲"字，就表现出了无穷的意境，"暖日闲窗映碧纱，小池春水浸晴霞"两句是对仗手法，"映"和"浸"为互文，文辞优美，艺术水平兼具，春日的静好时光尽显眼底。紧接着，"海棠红欲尽"借景生情，引发女主人公慨叹韶华易逝，闺怨就此开始。写景告一段落，下阕词开始写情，"方寸乱""肠断""泪珠穿破"把深闺女子的幽怨描写得淋漓尽致，"穿破"二字亦是用得十分巧妙。结尾处却笔锋一转，借邻家女子的询问间接来刻画女主人公的相思之情，手法独特，为闺怨词增色不少。

晚清词人况周颐在《历代词人考略》中评价这首词"淡汝西子，肌骨倾城"，确是实至名归了。

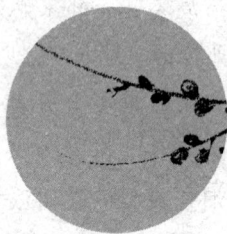

怨恨再多，也无法将爱稀释

——牛峤《望江怨·东风急》

东风急，惜别花时手频执①，罗帏愁独入②。马嘶残雨春芜湿③。倚门立，寄语薄情郎，粉香和泪泣。

【注释】

①花时：花开时节。手频执：多次执手，表示惜别依依之情。

②罗帏：丝制的帷幔。

③春芜：春天的草野。

【花笺沁香】

如若一开始便知晓他离开后，再不归来，留下来的人还会痴痴等待吗？无人能给出笃定的答案，因为爱情本就是一个无法猜透的谜语。或许，等待之人，并非是在等一个结果，而是静静地缅怀那段过去的岁月，那个认真爱过的自己。正是这无可预知的起承转合，才酝酿出了颜色不一样的烟火般的爱情。爱中有糖果的甜，有柠檬的酸，还有莲子的苦。把这些滋味尝遍，才算得上真正酣畅淋漓地爱过。

离别的那一日，他们多愿让这个世界静止，可偏偏东风劲吹，吹落了一地花瓣，吹斜了湖边的杨柳，也吹乱了两人的思绪。本来有一箩筐的话语要嘱托，可到了嘴边又咽下，只得频频执手，默默无言。"频"字最为动情，两人的手握了又放，放了又握，难舍难分的离情别苦尽在不言中。

别了恋人，好似生活陡然空了大半，独自看花开花落，独自听鸟鸣啁啾，但又好像并非是独自一人，因他从未走出过她的心房。正当她沉浸在昨日的欢愉中时，远方忽然传来的马嘶声划破了她的回忆，还未平静的心湖又起了波澜。她以为郎君骑着青骢马归来了，顾不得残乱的妆容，便要迎将出去。然而刚刚走至门扉，便听到马蹄声渐行渐远，并未停留片刻。希望变为失望，她不由得在悲戚中停下脚步，倚门而立。春雨淅沥，沾湿了春草，也沾湿了她的心，渐渐地化作佳人眼中的盈盈泪滴，融化了香腮红粉。

在等待中，她是有过怨的，怨他薄情，怨他忘归，或许也怨自己痴情。然而，怨从未将爱稀释，她还是在晦暗的灯光中，将缱绻的思念写成蝇头小楷，千山万水为他寄去。

晚清词人况周颐在《餐樱庑词话》中评价它说："繁弦促柱间，有劲气转，愈转愈深。此等佳作，南宋名作中，间一见之。"此首小令将女子的怨愤、离恨、爱意交织在一起，柔中藏刚，绝望中隐含希望，况老的评价确为实至名归。

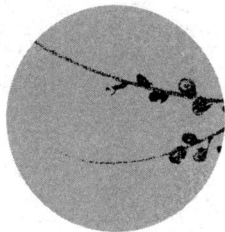

路遥遥，
夜漫漫，
伤离别

愁肠难断，相思成灰

棹举，舟去，波光渺渺，不知何处？岸花汀草共依依，雨微，鸥鹭相逐飞。

天涯离恨江声咽，啼猿切，此意向谁说？倚兰桡①，独无憀②，魂销，小炉香欲焦③。

【注释】

①兰桡：兰木做成的桨，这里指船。

②无憀（liáo）：空闲而烦闷。

③欲焦：将要烧成灰烬。

【花笺沁香】

已不知这是第几次启程，奔波在路上，看不清未来，亦回不到过去。顾夐举起双桨，平如镜面的江水，泛起粼粼波光。余晖倾洒，烟波浩渺，雾霭氤氲，这江上的夕阳美景，却带着极致的绝望。立在小舟之上，却不知晓要去何方？

岸上不知名的繁花，江边的萋萋野草，随风摇曳，依依不舍，他欲要留下，而这只是一场奢望罢了。微微细雨，落在他的脸上，化为滴滴泪水，落在他的衣衫上，化为片片哀愁。几只鹧鸪追逐着愈行愈远的帆船，在空中盘旋，像是殷勤真诚的挽留。

"天涯离恨江声咽，啼猿切，此意向谁说？"此去又是一次天涯流离，与家乡与爱人又隔了千里万里，两岸猿啼声声入耳，不禁泪落沾裳，这悲情却不知向谁诉说。

都说一座城市的价值是用离别来体现的，顾夐离开这里后，此地便成了一页时时思念、念时又断肠的书笺。"倚兰桡，独无憀，魂销，小炉香欲焦。"这片土地与眼前这个泪人，渐渐远离，而后成为苍莽阔大背景中的一点，直至连那模糊的一点都看不见。他倚着划船的双桨，一个人在惆怅中伤神、断魂。愁肠难断，相思成灰，寂寞缓缓吞噬着他的思想，如同小炉中的香烛，终会一寸寸燃尽熄灭。

离别是相爱之人命盘中躲不过的劫，就好似月亮躲不过黑夜，烟花躲不过幻灭。然而，也正是这一次次的离别，让平淡无奇的爱情多了跌宕起伏的律动感。

梦里繁花，梦外飞絮

——魏承班《渔歌子·柳如眉》

柳如眉，云似发。蛟绡雾縠笼香雪①。梦魂惊，钟漏歇，窗外晓莺残月。

几多情，无处说，落花飞絮清明节。少年郎，容易别，一去音书断绝。

【注释】

①蛟绡：即"鲛绡"，神话中的人鱼所织成的纱绢。雾縠：薄雾般的轻纱。

香雪：形容肌肤细腻白净、有香气。

【花笺沁香】

魏承班于花间词人中，并不太引人注目，史书中所记之事亦是片言只语。其词李冰若于《栩庄漫记》中云："浓艳处近飞卿，间有清朗之作，特不多耳。"然而元好问于《元遗山文集》中评其词曰："魏承班词，俱为言情之作。大旨明净，不更苦心刻意以竞胜者。"世人对其人以及其词，皆如此褒贬不一，然而此首词却少有争议，确为佳作。"只此容易别时，常种毕世莫解之恨，那得草草。"汤显祖如是说。

清明时节，雨纷纷，已然叫人断魂，无奈乎又有落絮飘飘洒洒，漫天飞扬，愁绪便更添一层。她黛眉弯弯似柳叶，发如流云似轻弹，如雾似梦一般的轻纱笼着她洁白如雪的肌肤。这样美的女子，该是有人来宠有人来爱的，而她却在红帐之中茕茕孑立。好不容易进入了梦乡，却被窗外晓莺的啼叫惊醒。寂寥之人，睡眠总是很轻，稍稍一有动静，便会醒来。当不解风情的晓莺打碎她的美梦时，她看周遭如故，死寂依旧，郎君不在，不禁悲从中来。

写词之功力，尽体现在过片上，因了它是承上启下之句，连接着上文，且又要在下文中荡开一层。如若过片写得精绝，整首词之境界便似拨开云雾重见天日，此首词以"几多情，无处说，落花飞絮清明节"为过片，上阕梦之无处安放的凄苦，下阕因别离而音书绝的怅惘，皆因这清明时节惹愁怨的飞絮，无处诉说的几许情愫而顺理成章。

古时的女子终其一生都在寻求一个归宿，却在不经意间成了飘荡无依的浮萍。这样的女子飘进魏承班的词中，引得词人惆怅，也使得后人唏嘘。

飞絮无根，亦无翅膀，故而它从未飞到过自己想要去的地方。它的锦瑟年华只付给了一场来去无踪的风，付给了终究会落幕的春日。而当这一切成为往事，所剩下的也只是一场空梦。再回首时，只觉半世追寻皆是幻境。

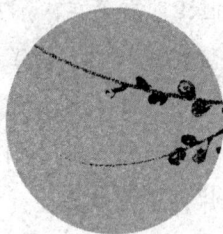

一切，不过是痴念

枕障熏炉隔绣帷^①，二年终日两相思，杏花明月始应知^②。

天上人间何处去？旧欢新梦觉来时^③，黄昏微雨画帘垂。

【注释】

①枕障：犹枕屏。古人常用屏风围枕，故称"枕障"。熏炉：用来熏香或取暖的炉子。

②杏花明月：杏花每年春天盛开，月亮每月一度圆缺，故以之喻岁月时间。

③觉：醒。

【花笺沁香】

唐朝廷侍郎张祎，为张泌之叔。张祎府中有一侍姬，与张祎感情甚笃，但早早便去世了。张祎每每看见与她有关之物，都会忆起从前的点点滴滴。两年的忌日到了，张祎再也抑制不住内心的悲戚，便让其侄张泌代他写下这首《浣溪沙》。

玉炉中袅袅升起麝香，迷迷蒙蒙中，隔着绣着鸳鸯的帷幕，好似又看到爱姬伸出纤纤玉手，拈起几星香料，向香炉中轻轻弹去。"一处相思，两处闲愁"，这两年来，在空空的屋内，寻不见佳人的身影，夜初上浓妆时，相思便无声无息地袭来。犹记得那年春日，两人在杏花树下呢喃轻语，她稍稍涂抹脂粉的脸颊与开得正艳的杏花相映成趣，分不出哪是伊人，哪是杏花。今年杏花又开，想必它们还记得那时的情景吧！

"天上人间何处去"，一语惊醒梦中人，纵然爱可以穿越生死，他们终究是不能再相见了。世人常说"人生，得一知己足矣"，有知己的人生才完整。而如今懂自己的爱姬已然故去，又怎能不痛哭流涕？

张泌一句"天上人间何处去"，引发了世人多少感慨。失去爱姬的张祎，将自己浸泡在回忆中，暮暮与朝朝。梦中尽是他们繁华如初的音容，醒来却发现一切不过是虚妄的痴念。绣着精致花纹的帷帘默默低垂，窗外蒙蒙细雨笼罩着寂寞的黄昏。沈计飞在《草堂诗余别集》中云："到末句自然掉下泪来。"黄昏、微雨、画帘，无一不寂寞，无一不伤感。物犹如此，更何况是人呢？

四季轮回中自然有荣枯，万物有兴衰，我们唯有学着忍受孤独。失去或许并不像我们想的那样糟糕，因内心最富饶、最柔软的地方，总会留给故去的爱人。

— 爱由何来，恨从何去 —

一声离别，天涯流散

——温庭筠《梦江南·千万恨》

千万恨[1]，恨极在天涯[2]。山月不知心里事，水风空落眼前花。摇曳碧云斜[3]。

【注释】

①恨：离恨。

②天涯：指思念的人在遥远的地方。

③摇曳：摇荡、动荡。

【花笺沁香】

　　"千万恨，恨极在天涯"，仅仅八字，却以火山喷发之势，将心中排山倒海的恨，以及藏匿在恨中的爱，如大海涨潮般喷涌而出。这恨，不是一星半点，而是千重万重。这恨，不是半尺一寸，而是远到天之涯。想必女子爱得太深，又等得太久，一切方法都用尽，却还是无力消除思念的折磨时，便生了如深渊般的恨。

　　但这恨在温庭筠的笔下，却呈现流丽婉转的姿态。词的后三句，以绝美之语又将这无处排遣的恨推进一层。正如沈际飞于《草堂诗余别集》中云："'山月'二句，惨境何可言。痴迷、摇荡、惊悸、惑溺，尽此二十余字。"

　　女子茕茕孑立，与之相伴也无非是室内的陈设、院落花草，以及天上的星月罢了。心事无人可解，故而她恨。月光时时林照闺中，似是有情，女子欲要将心中苦楚对其哭诉一番，天上残月却沉默不语，使得她更为恼怒。走出闺房，想要赏花以解忧，却不料花簌簌落了。花之枯萎好似她容颜衰老，花之凋零好似她爱情衰竭，眼之所及，皆是延绵不绝之哀，这不由得她不恨。徐士俊说此篇不似温庭筠所作，倒像鬼所作，真可谓是至高评价。

　　缘分来时，女子满心欢喜；当缘灭时，便觉每日皆是凄凄惨惨戚戚。殊不知，这欢愉、这凄楚，皆由你而起，恨中掺杂着爱，爱亦会生出恨。我们总是被告知：爱的力量无限大。然而很少有人能像张爱玲将爱情看得这般真、这般透彻："我以为爱情可以克服一切，谁知道她有时毫无力量。我以为爱情可以填满人生的遗憾，然而，制造更多遗憾的，却偏偏是爱情。阴晴圆缺，在一段爱情中不断重演。换一个人，都不会天色常蓝。"

思念，是没有方向的风

——韦庄《菩萨蛮·洛阳城里春光好》

洛阳城里春光好，洛阳才子他乡老^①。柳暗魏王堤^②，此时心转迷。

桃花春水渌，水上鸳鸯浴。凝恨对残晖^③，忆君君不知。

【注释】

①洛阳才子：指西汉贾谊。这里是作者自指。

②魏王堤：古时候洛水在洛阳城溢为一池，唐太宗李世民将池赐给魏王李泰，并筑堤和洛水隔开，人称为魏王堤。

③凝恨：面颊带恨凝愁。

【花笺沁香】

一个明媚春光的午后，一位老人在院中独坐，寂寞地想着他的心事。

"洛阳城里春光好"，好得让人无法形容。河堤两岸杨柳随风，花枝轻颤，蓝天白云，佳人在侧。这般美景，就算比之江南，也不输分毫。可再好又如何，越美的事物越容易消散。终是旧时时光，随流水落花已逝去。

时光带走了美景，也带来了皱纹与白发，可与洛阳才子贾谊比肩的韦庄早已是迟暮之年。旧时光就如手边的书籍，信手翻动，便是深植心底，深入骨髓，无须忆，不必思，何曾忘。轻合双目，数十载往事于脑中上演。于洛阳，时局稍转安稳，才子佳人上演人间佳话，谁料得又是一夕离散，终不得见。徒留下老翁一人空自叹。

两个人，一份情，难相忘。

"桃花春水渌，水上鸳鸯浴。"韦庄慢慢回过神来，从旧日走回当下，细细看周遭景致，蜀地的春也是美丽的。房前绿水环绕，清风徐来，微波激荡，涟漪阵阵。屋后群山环抱，缭绕远方，翠竹映眼，煞是怡情。水面上不知何时竟浮着两只鸳鸯，相依相偎、交颈环绕。对月形单望相互，只羡鸳鸯不羡仙。风景越美好，心中越落寞，他俩成一双，吾却只一人。韦庄心内流淌的思绪宛如一首低沉哀婉的清歌，曲曲折折，明艳动人亦伤感泪流。

高悬的日头渐渐往西边落去，大地在金色霞光的笼罩下，散发出温柔的光彩。这光彩照着词人满是哀伤的脸颊。一位老人在夕阳的余晖中独坐，陪伴他的唯有被拉长的身影。"忆君君不知"，最后的感叹似伤感，更兼无奈，无奈山河破碎，去国离乡；无奈壮志未酬，聊剩残躯；无奈爱人永隔，后会无期。

若还有来生，愿岁月静好，愿良辰美景，愿只得一心人，白首不相离。

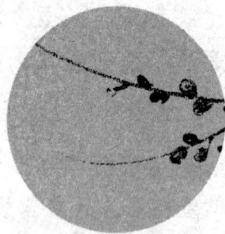

你一个转身，也收走了好春光

——韦庄《应天长·绿槐阴里黄莺语》

绿槐阴里黄莺语，深院无人春昼午。画帘垂，金凤舞[1]，寂寞绣屏香一炷[2]。

碧天云[3]，无定处，空有梦魂来去[4]。夜夜绿窗风雨，断肠君信否？

【注释】

[1]金凤：帘上的画饰。

[2]香一炷：一支点燃着的香。

[3]碧天云：比喻自己的心上人。云朵缥缈不定，心上人也不知身在何方。

[4]梦魂来去：古人迷信地认为，人在做梦时灵魂会离开自己的肉体。

【花笺沁香】

没有夏日的燥热虫鸣，没有秋日的落叶萧瑟，没有冬日的寒冷畏缩，时光就这么一点点暖了日子，春风一寸寸吹绿了世界。万物开始苏醒、萌芽、生长，在和风旭日的滋养下，槐树已经成荫。窗外万物大概都在午睡，庭院里十分安静，连池子里的水都波澜不惊。唯有一只黄莺在槐荫中啼啭啁啾。

明媚而温暖的阳光透过碧纱窗倾洒进来，房间中增添了几分暖意，还有如午后阳光一般的慵懒氛围。那绣着金色凤凰图案的帷帘，在风中轻轻摆动，宛如那一对凤凰要张开翅膀飞舞。至此，闺房的主人并未出现，出现在读者眼前的是寂寂无声伫立一旁的绣花屏风，以及自顾自地散着幽幽香气的香炉。一切都精致到无可挑剔，然而越精致便越寂寞。这华丽的屋内，终究容不下半点欢愉。

天边那行踪不定的云彩里，有着她最旖旎的梦。云朵来时，好似他在深情脉脉地看着她。然而云朵并非永远定在天空一隅，它是会飘走的，梦也是会醒来的。当云彩轻轻远离时，她瞅着空空荡荡的天空，如同看到了梦破碎的过程。一个"空"字，正是表达了词人旧欢难觅，新愁难遣的无奈。

他的离去，把风和日丽的好春光一并带走，自此她的世界里尽是忧愁风雨。夜夜无眠，只得听雨打窗棂，看风掀绣帘。这恼人的风雨啊，搅乱的不仅仅是她的好梦，更把她的思念也唤醒。辗转反侧之时，唯有对着风雨，对着远方呜咽、涕泪，哭诉一句"断肠君信否"。尝过爱情甜蜜滋味的人，想必也懂这种刀割之痛。

梨花带雨佳人泪

——韦庄《天仙子·梦觉云屏依旧空》

梦觉云屏依旧空①，杜鹃声咽隔帘栊②，玉郎薄幸去无踪。

一日日，恨重重，泪界莲腮两线红③。

【注释】

①云屏：屏风，用云母镶饰的画屏。

②帘栊：窗帘和窗牖。

③泪界：泪水双流所印下的两条红线。界，有"印"的意思，此处做动词用。

【花笺沁香】

晚清词人况周颐在《蕙风词话》中评价韦庄："犹能运密入疏，寓浓于淡，花间群贤，殆鲜其匹。"这首《天仙子》恰能充分体现韦庄的风格："语淡而悲，不堪多读。"

现实中不可得的事物，世人便去梦中追寻。梦中与他一起赏花、踏雪、煮茶、吟诗，几许欢娱，又几多温存，即便是寒彻蚀骨的冬夜，也如柔风曛暖的春昼。然而，梦中的玫瑰有多么娇艳，醒来后的现实便有多么委顿，只见那云母镶饰的屏风冷冷清清地突兀在她眼前。其上雕饰的云锦花纹似乎是天庭飘落的云彩，落在她空空的闺房中。这个"空"用得实在是妙，既指女子空荡的闺房，又指女子梦醒后落寞的心境，一语双关，突显出女子被抛弃后的孤单和无助。

恰恰此时，窗外杜鹃又操着嘶哑的喉咙，声声叫着"不如归去，不如归去"。她循着那啼血杜鹃声向窗外望去，似乎想找到刚才在梦中见到的人，但任凭她望眼欲穿，也是徒然，独留那一份似水般的相思绵延至千里之外。

"一日日，恨重重，泪界莲腮两线红"，"日日""重重"，为重音叠词，音律和谐，富于音乐之美。且"日日"，暗示了时间的漫长和沉重，"重重"，则契合了女子被抛弃后无法排遣的郁闷。从清晨到日暮，思念叠着思念，恨牵着恨，一天便这样从眼前溜过。越想越是怅然，不禁有两行清泪划过香腮，融化了她冰雪肌肤上的红粉胭脂，留下两道红色的泪线。

原来最残忍的莫过于时间，寥寥几笔便把相爱写成相爱过，把今日变曾经。

这首不足四十个字的小词，仿若韦庄精心拍摄的一部爱情微电影。含泪女子如带雨梨花一般，出现在镜头里，虽不言不语，却惹人心动。

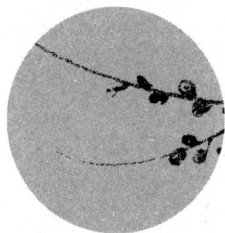

爱由何来，
恨从何去

因为爱，才生了这满心的恨

——韦庄《清平乐·野花芳草》

野花芳草，寂寞关山道①。柳吐金丝莺语早，惆怅香闺暗老②。

罗带悔结同心③，独凭朱栏思深。梦觉半床斜月，小窗风触鸣琴④。

【注释】

①寂寞：寂静。关山道：形容艰难坎坷的山路。

②暗老：时光流逝，不知不觉人已衰老。

③结同心：用锦带打成连环回文样式的结子，用作男女相爱的象征。

④风触鸣琴：风触动琴而使之鸣。鸣为使动用法。

【花笺沁香】

正值初春之时，繁花悄悄绽放，芳草偷偷露土，柳枝渐渐吐丝，就连那小小的黄莺也抖掉冬日的萧索，亮出了婉转的歌喉。春风拂过脸颊，人仿佛就要在这和风与柔光中睡去。事实上，让人沉醉的，恐怕不是这微醺的天气，而是主人公心里那挥之不去的离愁别绪。

"寂寞关山道"，只此一句便奠定了整首词的感情基调。女子的愁思由寂寞而起，蒲柳之早衰正同青春之易逝，春色纵然怡人，但此时却更为恼人，那繁华背后的衰落更能够触动她多愁善感的心。当然，春日里感到孤单的并非是独居闺室的她，还有离她而去孤零零行走在广漠原野上的郎君。

惦念他，担心他，但同时也深深埋怨他。当初是他以她喜欢的样子，走进她的世界，给她温存，给她三生三世的许诺，然而这一生的风景还未看遍，这一场爱情梦便醒来。他说过要回来，甘愿在爱中沉沦的女子便信了。可是春日来了又去，依旧不见他的踪影。在爱恨交织的煎熬中，她唯有独凭朱栏，把自己圈在思念中。而这缥缈的思念并不能解她锁在眉间的忧愁，无奈之时她只得道一声"罗带悔结同心"，如若没有当初的永结同心，又哪里会招来这斩不断的哀伤呢？

爱因他而起，思念也是因他而起，怨与恨更是因他而起，就连这深沉的悔也因他而起。一切都关合着他，所谓的爱之深、恨之切便是这般感受吧。好梦难留人，自他走后，她时常夜半醒来。房中别无他人，唯有月光相伴，清风透过小窗吹进来，触到窗侧的风琴，那哀怨低吟的声音，好似女子抑制不住的呜咽。

近人李冰若在《花间集评注》评本词时说："昔爱玉溪生'三更三点万家眠，露欲为霜月堕烟。斗鼠上堂蝙蝠出，玉琴时动绮窗弦'一诗，以为清婉超绝。韦相此词以'惆怅香闺暗老'为骨，亦盛年自惜之意，而以'梦觉半床斜月，小窗风触鸣琴'为点醒，其声情绵邈，设色隽美，抑又过之。"

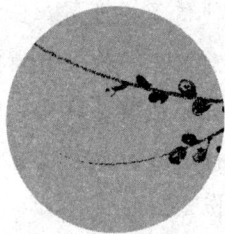

良辰美景，无人共赏

——毛文锡《更漏子·春叶阑》

　　春夜阑①，春恨切，花外子规啼月。人不见，梦难凭，红纱一点灯。

　　偏怨别，是芳节，庭下丁香千结②。宵雾散，晓霞辉，梁间双燕飞。

【注释】

①阑：将尽，也可以理解为残或者晚。

②丁香结：此处说丁香花的花蕾固结不开，好似在说主人公的愁绪难解。

【花笺沁香】

在毛文锡的这首《更漏子》里，正是芳节，有花有月，有庭下丁香，有梁间双燕，虽不够明艳，却也算得上是一派妩媚风光，可是在女主人公眼里，却分明笼着愁色——无人共赏，良辰美景也如黑白色彩。

若是情侣相偎相伴，就算是冬夜也会让人感到暖意熏熏，但因孤独一人，软温春夜也只是一派阑珊。春意阑珊、夜色岑寂，恼春的女子正为相思所苦，难以安枕，偏偏又听到了"花外子规啼月"。女子深夜独守空闺，声声子规泣血啼鸣难免会勾起她对良人的思念。皓月当空、繁花锦簇的夜晚，子规的啼鸣打破了夜色的寂静，也将女子盼郎归的心绪全部勾了出来。

盼他归，一腔心愿未如愿；念相逢，却连梦里都难见。她对着红纱笼罩的孤灯，凝思不语。烛光昏暗闪烁，只有影子与她为伴。此情此景下，她不能不怨，怨在这本该携手同游的美好时节里，他却不在身边。芳节美景足以撩人，但无人共赏，便只撩出了愁绪。

芳节里有万般好景，她的视线却停留在了庭下结蕾的丁香上。丁香结蕾，寓意是愁思固结不解，仿佛女子愁肠难纾。随着时间的推移，夜色褪去，她终于又熬过了一个寂寞的长夜。

天色放亮，春雾散尽、朝霞辉映，似乎悲怆也有了要结束的迹象。然而一推开门，就看到一对燕子在屋前绕梁而飞，亲密呢喃。在灿烂朝霞中旖旎缠绵的一幕，在这个孤独的思妇眼中，却如正午的日光一般刺眼——飞燕尚且相亲相爱相近，她却形单影只地沐浴在灿烂的春色里。纵然风景再美，与她又有什么关系呢？赏心乐事和她无涉，良辰美景也徒作单调。

花多媚，鸟多情，可惜，那都是旁人的风景。

思念，泛起涟漪

——毛文锡《醉花间·休相问》

休相问，怕相问，相问还添恨。春水满塘生，鸂鶒还相趁①。

昨夜雨霏霏②，临明寒一阵③。偏忆戍楼人④，久绝边庭信⑤。

【注释】

①鸂鶒：一种水鸟，因全身羽毛多紫色，又名紫鸳鸯，比鸳鸯的形体稍大。

相趁：形容相伴相随的样子。

②霏霏：雨雪盛貌。

③临明：即将天明。寒一阵：犹言阵阵寒气。

④戍楼：边防驻军的瞭望楼。

⑤边庭：边地，边塞。

【花笺沁香】

生活里的悲哀大抵有两种，一种是得到，另一种是得不到。前者是怕失却了动力，怕已经捧在手心里的梦想反而不及幻想中的美好。而关于得不到的痛苦，大多数人都体会过，生命中总有一些遇不到的人，不能释怀的忧愁，还有不能成真的梦想。少许人或是看淡了得失，或是哀莫大于心死，从此不再执迷计较。

而最尴尬的莫过于，一心想要看淡世事，却又时时为这"得不到"骚动。左右徘徊中，无非生了撕心裂肺的牵扯。得而复失，失而欲得不再得，想必是爱情最为狠毒的诅咒了。"休相问，怕相问，相问还添恨"，道尽了一个女子的痛苦。爱的伤痕还未结疤，故而一再躲避着世人的追问。如若相问，必会在伤口上重新撒上一把盐。爱情的苦楚，有谁会拿出来示众呢，不过是遮掩着独自吞噬罢了。故而她顾左右而言他，只见春水满塘，碧池如镜，这赫然入目的好景果真将她的忧伤稀释掉大半。然而再看时，不期然紫色的鹓鹐相逐相趁，双双相嬉，所游之处留下层层碧色涟漪。本来欲要掩饰心里的痛楚，痛楚倒反过来相逼。盐一粒粒深入伤口，动辄便是纠缠不休的疼。

她慢慢地由池塘走回闺房，坐定之后，俄而又想起那恼人的霏霏阴雨，想起黎明时分寒意扰睡眠，不禁又是双泪齐下。已不知这是第几次落泪，只觉伤心已是到了极处。她已经许久不曾收到丈夫的信笺，是他遭到了不测吗，还是他已然把她忘怀？

"偏忆戍楼人，久绝边庭信。"整首词好似一个谜语，前面的皆是谜面，而所有的疑问在结尾处有了交代，所有的景物也找到了情感的寄托。在词意的起伏突兀、忽开忽合中，女子的焦灼、孤单的心境，则更为动人。

韶光与谁共赏

——欧阳炯《凤楼春·凤髻绿云丛》

凤髻绿云丛①，深掩房栊②。锦书通，梦中相见觉来慵，匀面泪，脸珠融。因想玉郎何处去，对淑景谁同。

小楼中，春思无穷。倚栏颙望③，暗牵愁绪，柳花飞起东风。斜日照帘，罗幌香冷粉屏空。海棠零落，莺语残红。

【注释】

①凤髻：盘成凤样的发式。

②房栊：窗户。

③颙（yóng）望：不转头地凝望。

【花笺沁香】

她的凤髻在头上高高盘起，如缥缈的绿云丛。深闺垂掩着雕花绣玉的帘拢，像是她紧紧关闭的心门。然而，相思却如一枝红杏般，越过她心的围墙，偷偷渡到外面。纵然是锦书传来，梦中相见，想到他时依旧泪洒粉面。却原来是不知玉郎何处去，这韶光不知与谁赏。

春日的相思困在了这小楼中，绵绵不尽如同无边的春草。凭栏凝望只觉苍天茫茫，柳絮纷飞。夕阳的余光沾染在绣帘上，像是甩不掉的愁绪，罗帐内的熏香已冷，屏风依然空空荡荡。

如若在此处结尾，此首词便陷入了缛丽无味的旋涡，最是末句"海棠零落，莺语残红"，让人怔在原地。汤显祖在《玉茗堂评〈花间集〉》中云："'海棠零落，莺语残红'好景真良易过。风雨忧愁各半，念之使人惘然。"诚然如此。

相传，从前有一人心中郁结对情人过深的思念，终至成疾。一日，这人立于屋外台阶之前，顿觉胸中气血涌动，呕出一口鲜血于阶下。谁知数日后，竟有一株不起眼的草自呕血处无声地长出，接着便结枝散叶，开出血色的花来。人们就称这株草为"相思草"，即是今人所谓的海棠。

如若于繁多花卉中挑选一种能代表女子容颜的花，除却桃花，想必海棠亦是恰当的。海棠花虽无香，但意蕴悠然，轻盈而飘逸，像极了女子楚楚动人的面容，且这关于海棠的传说，暗暗契合了女子欲说还休的心事。

海棠之香藏匿在往事中，当记忆的门打开，灵动而醇厚的香味便栖息于鼻尖，让人感动或是流泪。千百年来，皆是如此。

月圆人未圆，锦书随身转

——欧阳炯《献衷心·见好花颜色》

见好花颜色，争笑东风。双脸上，晚妆同。闭小楼深阁，春景重重。三五夜①，偏有恨，月明中！

情未已，信曾通，满衣犹自染檀红②。恨不如双燕，飞舞帘栊③。春欲暮，残絮尽，柳条空。

【注释】

①三五夜：每月阴历十五的晚上，即月圆之夜。

②檀（tán）：浅绛色，这里代指一种红色的化妆香料。

③帘栊：窗帘和窗牖。

【花笺沁香】

以花喻美人，这向来是古典文化中常见的传统。繁花以深红浅白占尽园中风光，佳人则以妩媚多姿占尽人间春色。身在远方的词人，在春日里看见随风摇曳、色泽妍丽的花，便想到了自己深爱的美人。她有着桃花的羞赧、水仙的清雅，也有着杜鹃的热烈，这倾倒东风的容颜、妙曼的身姿，如初恋时的心跳一般，令人异常激动。

然而深爱之后再分别之人，面对着撩人的春色，也无非是撩拨出些许惆怅罢了。她将自己锁在深深的阁楼里，不愿见这明媚得将要溢出来的春天。因了心中的幽恨，就连月圆都怕见得。相守在一起时，两人便是全世界，无论是雨是晴，无论是春是冬，他们全然不管。而一旦分离，这世界也便随之去了，剩下的只是装满了回忆的檀木箱子。弃之，不舍；留下，偏偏是折磨。

对漂泊在路上的人而言，从耳边拂过的风都是陌生的，暖黄的曙光与绚烂的朝霞都不能带来安慰，唯有穿云破月而来的鸿雁所捎来的书信，才能给这苦寒之路添三分暖意。不管走至哪里，他都把这信笺贴身携带，揣在袖里，唯恐怠慢了她的深情。况且词人身上残留的檀红，也时时唤起他的缱绻情意。

念及往事，他恨不得即刻化为飞燕，穿过时间的长度和空间的厚度，抵达女子的闺房，想必她也正痴痴等待着他归来呢。然而这不过是泡沫里的梦想罢了，一触即碎。形单影只，休言大好春光，词人只能百无聊赖地看着窗外"残絮尽，柳条空"，神伤哀怨。

欧阳炯在《花间集》中有词十一首，更是集序的作者，为一时文坛翘楚，观此词婉转悠扬，浓淡相宜，确为一时之胜。

相离莫相忘，天涯两相望

——顾夐《诉衷情·永夜抛人何处去》

永夜抛人何处去^①，绝来音。香阁掩，眉敛，月将沉。争忍不相寻^②，怨孤衾^③。换我心，为你心，始知相忆深。

【注释】

①永夜：长夜。

②争忍：怎忍。

③衾：被子。

【花笺沁香】

这首《诉衷情》里，顾夐于寥寥数十字间，勾勒了一位思君情切、寤寐求之的佳人形象。她有血有肉、有爱有恨，虽已历经千年风霜，心底对爱的那份执着依然动人。

漫漫长夜，除了暗黑与混沌，还带给人哀愁与伤感。许是日头落了，她心里的希望也随着落了，残存的不过是一抹时光留下的痕迹，还有心底不肯示人的伤痕。在这样的夜晚，佳人又一次黯然神伤。她的伤为一人而起，为一人而留，可那个人早已遍寻不见。

白日里还好，她还可以做些事情，放空心情。当暮色笼罩四野，她心中却总会莫名的悸动。夜色弥漫，风景尤好，望着一弯新月，也会想起他，弯弯的月牙多像他的眉眼，月光辉映，多像他曾经誓言旦旦时那笃定的眼神。

为着这个人，她仿佛大醉一场，投入地去爱，最终换来疼痛收场。她亦等过，怨过，恨过。等待一个承诺的兑现，守候一份歉意的到来。在这清冷肃杀的黑暗中，她的情愈发浓烈，似火焰般炽热，足以融化冰雪寒霜，却不能温暖那正在死去的爱情。

"换我心，为你心"，把我的心换到你那里，让你看到它早已伤痕累累，皆是因你而起。可若细细拨开表面的坚硬与寒冷，会发现最温柔、最细腻的深处，满是你的身影。这就是一颗爱不得、恨不得的心，所有爱与恨，都是因为你。体恤了这颗心，你会不会多理解我一点儿，是不是就能感受到我的爱之切、怨之深？

佳人的喃喃自语，正是她心底的话。词至此戛然而止，佳人的故事也告一段落，她如一缕风、一粒沙，杳渺不知所终，故事的后续，读者自是再难知晓。可叹自古男儿多薄幸，可怜女子的一腔痴心常常空付，便如明代作家汤显祖在《花间集》评本中曾一语道破："若到换心田地，换与他也未必好。"

　　换我心，为你心。若相知，不换亦知己；若背离，换亦不识君。唯愿天下有情人，相离莫相忘，且行且珍惜。

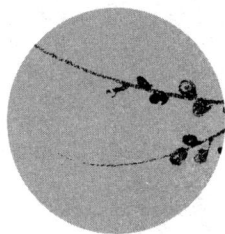

爱由何来，恨从何去

一针一线，缝出一点一滴的思念

——魏承班《生查子·烟雨晚晴天》

烟雨晚晴天，零落花无语。难话此时心，梁燕双来去。

琴韵对薰风[1]，有恨和情抚[2]。肠断断弦频[3]，泪滴黄金缕[4]。

【注释】

①琴韵：琴声。薰风：香风。

②抚：弹奏。

③断弦频：由于心情痛苦而使琴弦连连折断。

④黄金缕：衣衫上的装饰。

【花笺沁香】

魏承班词风浓艳裱丽，描摹细腻，柔情似水，确有"剪不断，理还乱"之妙。元遗山云："魏承班词，俱为言情之作。大旨明净，不更苦心刻意以竞胜者。"说得极是。

烟雨蒙蒙，淅淅沥沥下了一天。滴水穿石，闺房门前渐渐有了细密的小坑，恰似她凹凸不平的心事。她立于窗边，默默无语，任凭这雨缠绵不断。燕子成双成对，于梁间呢喃咕哝，这般寻常之景，真真伤了她的心。

词中女子百无聊赖，便拿起立于墙边的古琴，随手拨弄了几下。那绵绵悠悠的琴声，绕过梁间，从雕花的纱窗袅袅渗出，好似风中的烟絮。本是无心弹曲，曲中却糅进了她全部的怨恨和思情。"肠断断弦频，泪滴黄金缕"，或是因了肠断，琴弦也便随之断裂，像是断了的姻缘，再无法衔接。刹那间，她泪落如雨，滴滴洒满了金缕衣。此时，她并不为崭新珍贵的金缕衣感到丝毫疼惜，只是在纠结于那段回不去的往事。

李冰若于《栩庄漫记》中评此词云："魏词浅易，此却蕴藉可诵。"当为公允之评。

古时女子多是心灵手巧的，衣衫与鞋子大都自己缝制。夜间，伴着忽明忽灭的烛光，纤纤素手引着细针，细针引着丝线，从锦缎的这一端到锦缎的另一头，小心翼翼循着爱情的印记，一点点向前。待衣衫缝好后，便有了特殊的意味，也因自己缝制，而与旁人的区别开来。那羞于启齿的情愫，恰似藏匿在布料之内的金线，悄悄地将爱偷渡到心上人眼前。殊不知，在自己眼中愈是金贵的，愈是入不了他人的眼帘。罗衫是用几个不眠夜，一针针赶制出来的，而她的心又何尝不似一件金缕衣呢，日日夜夜思念，诚挚而深情，想要得到肯定，却落得冷落与离弃的结局。

　　女子在烛光下，一针一线缝制金缕衣，却终究没有缝合爱情的伤口，没有与意中人走到时光的尽头。她的伤怀，是为自己，更是为一针一线专情缝制罗衣的不眠之夜。

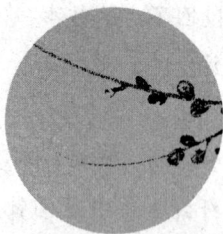

寸寸相思，寸寸销魂

——毛熙震《清平乐·春光欲暮》

　　春光欲暮①，寂寞闲庭户。粉蝶双双穿槛舞②，帘卷晚天疏雨。

　　含愁独倚闺帏，玉炉烟断香微③。正是销魂时节④，东风满树花飞。

【注释】

①欲暮：即将逝去。

②槛：这里指亭栏。

③玉炉：熏炉的美称。烟断香微：意思是说女主人公无心在香炉内续添香，因此"烟断香微"，形容女子的愁绪情态。

④销魂：形容极其哀愁。

【花笺沁香】

词中没有一般花间词的浓丽香艳、镂金错彩，而是注重借助白描手法写景状情，笔意迂回，词境疏淡。

在恋爱者眼中，每一个季节都有其可爱之处。春日是姹紫嫣红，莺歌燕舞；夏日是绿树成荫，生机勃勃；秋日是风淡云轻，红橘熟透；冬日是白雪皑皑，静默似谜。因爱着的人也恰恰爱着自己，仿佛世间一切都受了爱神的馈赠。然而，当这份延伸及全世界的爱，陡然间出现裂口时，先前美的事物也戴上了惆怅的面纱。

他不在身旁，初春霎时就成了暮春。繁花凋零，好似自己的心在渐渐枯萎。绿肥红瘦的时节，恰恰与她此时的心境相贴切，往日的爱一点点委顿下去，唯有那泛黄的回忆在猖狂地敲打着她的门扉。傍晚时分，又猛地下起了绵长细密的雨。倚窗听雨，听到的皆是破碎的心事。就连那成双成对的粉蝶都来敲愁助恨，在漫天疏雨中穿槛飞舞。飞者无心，看者有意，她是怕它们笑自己形单影只。晚天疏雨，粉蝶双飞，已经在她的心中搅起粼粼涟漪，百无聊赖中也只得独倚帏帐，双眸含愁，看着玉炉中的轻烟似断非断、香馨微之又微，不由得香腮悬泪。她何尝不知晓等待的日子，充盈的是寂寞和忧愁，但深陷在爱的旋涡中，又有几人能洒脱地说放手就放手。在期待中失望，在失望中不得解脱，往往是她不可选择的选择。

东风吹过花树，花瓣顿时如飞雨般四处飘零，她透过薄薄的纱窗看到这一幕，不禁使她销魂荡魄，春天终究是要过去了。其实，又何止是明媚如许的春日了无痕迹，她的爱人也是不知在何处啊！

如若知晓相遇之后，是潦草的离散，当初还会选择把整颗心都捧给他吗？

有情处处皆风景

春风吹不展，唯有柳树做伴

苏小门前柳万条，毵毵金线拂平桥^①。

黄莺不语东风起，深闭朱门伴舞腰^②。

【注释】

①毵（sān）毵：形容细长的枝叶。

②朱门：富贵人家用朱红漆的大门。

【花笺沁香】

说起关于柳的名篇，贺知章的"不知细叶谁裁出，二月春风似剪刀"是无论如何也绕不过去的，然而，纵然这句诗将柳的美描摹殆尽，且尽情地歌颂了春风，读下来还是觉得单薄了些。只因背后没有婉转的故事支撑，便失却了那点欲说还休的韵味，少了让人在深夜独自咂摸的力量。而读到温庭筠的这首《杨柳枝》，便觉时光缓缓迂回，故事如光晕般层层晕染，渐渐地便与南朝齐国那段哀婉却不失美感的往昔，浪漫相逢。

在这首《杨柳枝》中，温庭筠将苏小小门前的杨柳写得风姿绰约。万千条柔软的树枝垂下，浓稠细密，依依娓娓，荡漾撩人，披在高挺的树身上，就如少女的裙，裹着挺拔的身姿。千丝万缕如同细细的金线，在清晨在黄昏，在暖意盎然春风的吹拂下，轻轻扫着平桥。"万条""金线"，将其繁密与纤长巧妙道尽，一个"拂"字仿佛将柳枝摇曳的姿态呈现在了读者眼前，灵韵而生动。

这在风中招摇的千万条柳，恰似那个身形瘦弱、一生流离的苏小小。

温庭筠是懂苏小小的，他这首《杨柳枝》中的最后两句，道出了苏小小的心怀。"黄莺不语东风起，深闭朱门伴舞腰"，当东风吹来之时，枝头的黄莺缄默无语。她深深关着朱门在柳枝的陪伴中，独自窈窕起舞。紧闭的朱门，像是她历经爱的山水后，紧闭的心门。世间万物再也与她无关，她只在自己的世界中，与院落中那棵柳树相伴。

后人对《杨柳枝》评价甚高，的确如此，温庭筠写柳，不单单写柳本身，更着意柳背后的故事，写出那种纤细、伤感的情愫。

一场细雨醉江南

——皇甫松《梦江南·兰烬落》

兰烬落①，屏上暗红蕉②。闲梦江南梅熟日，夜船吹笛雨萧萧③，人语驿边桥④。

【注释】

①兰烬：指蜡烛的余烬。

②屏：画屏。红蕉：屏上画的红色美人蕉。

③萧萧：同"潇潇"。

④驿：驿亭。古代供行人途中歇息的场所。

【花笺沁香】

《梦江南》又名《忆江南》，皇甫松本为江浙人，对江南风情当是了解至极。于此词中，词人以饱蘸深情的笔墨，通过对梦境的塑造，将江南特有的烟雨蒙蒙之境，描述得恰到好处。

夜已阑珊，灯火烛光燃尽，眼看烛蕊已经烧焦，自顾自地垂落下来，词人却懒得提手剪掉，任凭欲明将熄的烛火闪烁不停，他的脸亦是看不清表情，明灭不定。

屏风上画有的美人蕉本来鲜红的颜色也渐渐暗淡下来。"兰烬落，屏上暗红蕉"，屏风之景随着烛光的黯淡，亦愈来愈晦暗，他直直看着眼前的这扇屏风，仿若看穿之后便能望见江南的小桥流水、旖旎风光。

朦胧之中，他渐渐进入了梦境。梦中尽是一片朦胧。梅熟之时的江南，飘洒着潇潇夜雨，江船在雨帘掩映之下渺茫朦胧。连同雨中小桥以及小桥上撑伞的行人，都笼罩在一片空蒙之中。恰恰此时，水中雨中漂荡着的小舟里，飘出阵阵悠扬的笛声，如若仔细倾听，亦可闻晓驿边桥头那似梁燕呢喃般的轻语声。

在这个有梦可做的夜中，雨带着一丝缠绵、几许清冽，笛声带着一丝惆怅、几许明朗，人语声带着一丝凄然、几许清脆。雨声、笛声、低语声，重叠相映，这夜亦变得絮絮焉、细细然，断断续续、隐隐约约。

此词到"人语驿边桥"一句戛然而止，午夜梦回方觉凄苦，难耐愁绪自在言外。

厉鹗《论词绝句》中说："美人香草本《离骚》，俎豆青莲尚未遥。颇爱《花间》肠断句：'夜船吹笛雨萧萧。'"

此词篇幅极小，仅仅二十七字便实现了场景由室内到室外的转变，由现实到梦境的过渡，由居室到江南水乡的跨越，极富层次感。

　　红蕉、黄梅乃绘色，夜船吹笛乃绘声，作者绘声绘色，描摹了一幅精美的江南夜雨图，并以景结情，倍添含蓄滋味。

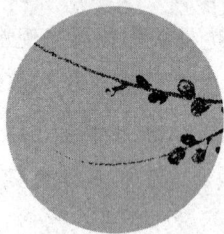

十里荷塘，溢满欢愉

——皇甫松《采莲子·菡萏香莲十顷陂》

菡萏香连十顷陂（举棹）^①，

小姑贪戏采莲迟（年少）。

晚来弄水船头湿（举棹），

更脱红裙裹鸭儿（年少）。

【注释】

①菡萏：指荷花。陂：池塘；湖泊。棹（zhào）：船桨。

【花笺沁香】

江南，小桥流水、溪道纵横、池塘遍布，即使没有到过此地之人，亦能用馥郁的想象，勾勒出一个澄澈清明的山水之景。如若把江南看成一帧再美不过的背景，那么舟中少男少女出没莲荡，轻歌互答，采摘莲子，便恰恰与这旖旎的风光，相映成趣，连接成一幅浓淡相宜的水墨画。

《采莲子》是唐教坊曲名，用为词调首见于此，其中衬字"举棹""年少"如《词律》所云："乃相和之声。""举棹"自然与莲船有关，而"年少"则有"莲子"之意，亦是皇甫松回忆无忧的年少时光。

十里荷塘，未见之时，在清风的摇曳与吹拂中，那虽丰饶却不腻甜的香味已随着弯弯曲曲的小河，扑于鼻尖。少女一边荡舟采莲，一边忘情歌唱，一声独唱未消，相合之声又起，仿若歌声中也染了荷花的清香，叫人本能地闭上眼睛，做一场有美丽情节而不愿醒来的梦。咖啡色的夕阳渐渐染红了江面，采莲少女们又循着荷香，划着小舟轻轻悠悠地归去了。

读词之人并未见此场景，却仿若在发黄的纸页中，看到了一个天真烂漫的女子，她淘气、稚气未脱，就连脱下红裙，裹住小鸭子，也是那样调皮、可爱。无怪乎汤显祖在《玉茗堂评〈花间集〉》中云："人情中语，体贴工致，不减窥面见之。"

这样的女子，不禁让人想起了《红楼梦》中的史湘云。她不似林黛玉梨花带雨的柔美，不似薛宝钗端庄典雅的醇美，而是不拘小节风流倜傥的豪美。这美中亦不乏浪漫，就像《采莲子》中船头弄水的女子，具有一种纯粹的不惹尘埃的迤逦之姿。

松下结同心

——牛峤《柳枝·吴王宫里色偏深》

吴王宫里色偏深①，一簇纤条万缕金。

不愤钱塘苏小小②，引郎松下结同心③。

【注释】

①吴王宫：此指吴王夫差为西施所造的馆娃宫，今江苏苏州西南灵岩山上有灵岩寺，即其故址。宫中多柳，故言"色偏深"。

②不愤：不怨恨，一说"不服气"。苏小小：南朝齐时期钱塘名妓。容色俊丽，颇工诗。

③"引郎"句：言苏小小多情，曾结同心于松柏树下。

【花笺沁香】

南朝齐国时，西泠湖畔有一名女子，名唤苏小小。她本是寻常之家的女子，父辈因从商便从江南姑苏转至钱塘，家境倒也殷实。年幼的时光，总是倏然之间便过去，眨眼间的工夫，她便出落得娉婷，宛如水中摇曳的水仙。

那一日，苏小小同往常一样坐着油壁车观赏西湖美景，却在一个转弯时，与一匹疾驰而来的青骢马相撞。那鲜衣怒马的潇洒公子便是阮郁。阮郁虽出身官宦之家，却不是纨绔子弟。两人相遇，自然相爱。然而，古时人人都有身份，连爱情都要受到牵连。他们家世相距悬殊，阮父便充当了棒打鸳鸯的角色。阮郁失了音信，苏小小刚刚开始的爱情，便如着了一夜雨的海棠，绿肥红瘦。其后发生的故事，无非是苏小小愈合了爱情的伤口，又在另一段爱中挣扎。

苏小小渐渐在世人心中成了传奇，世人读懂了她，便将她写进纸页里，让她的气息在字里行间自由舒展。牛峤的这首《柳枝》则是为苏小小谱写的旋律。

昔日的吴王宫中，柳色总是比旁的柳枝略显深一些，一簇簇鹅黄的细丝，在阳光的照耀下，仿若垂下来的千万缕黄金。总是不懂为何那钱塘的苏小小，总要去松树下与情郎缔结同心。"不愤钱塘苏小小，引郎松下结同心"，后世之人，将"松下"改为"枝下"，语意稍稍索然。此句亦引用了《玉台新咏》中的一首五言古诗《钱塘苏小歌》："妾乘油壁车，郎跨青骢马。何处结同心，西陵松柏下。"

苏小小的故事已经落幕，而门前的那棵柳树，却愈来愈青葱，在每个春日到来之际，带着苏小小的灵魂，在文人墨客的诗词中，跳起翩跹的舞蹈。

洞庭美景，浓淡相宜

——牛希济《临江仙·洞庭波浪飐晴天》

洞庭波浪飐晴天，君山一点凝烟①。此中真境属神仙。玉楼珠殿②，相映月轮边。

万里平湖秋色冷，星辰垂影参然③。橘林霜重更红鲜。罗浮山下④，有路暗相连。

【注释】

①君山：又名湘山、洞庭山，在洞庭湖中。

②玉楼珠殿：指君山上的湘妃祠。

③参然：参差错落的样子。

④罗浮山：在广东省增城、博罗、河源等县间，绵延百余公里，风景秀丽。

【花笺沁香】

不知是洞庭湖本就婀娜多姿，还是此地经了神仙的点化，洞庭湖畔总是充盈着经久不息的魅力。凡是去过这里的人都知晓，此地湖外有湖，湖中有山，且浩瀚迂回，山峦突兀。泛舟在湖上，只觉湖面广阔，视线极处水天相接，说它"舭天"委实不是夸张。如若站在江面上，遥望秀美的君山，它迷迷蒙蒙好似凝缩成一点含在烟波中。

洞庭湖本就有抑制不住的美，再加上刘海戏金蟾、东方朔盗饮仙酒、舜帝二妃万里寻夫等民间传说，便更有了神秘的气质、诱人的魅力。娥皇、女英，因寻夫未遂而香消玉殒，葬于此地中，屈原在《九歌》中称之为湘君和湘夫人，故而后人便将此山命名为君山。

乍读此词，竟不知哪句是真境，哪句是幻境，幻中有真，真中有幻，在真真幻幻、朦朦胧胧中，好似进入了一个奇异的神仙世界。湖中波浪滔天，君山似凝烟一点，当是真境；而楼阁如玉砌、殿堂连珠影的湘妃祠，镶嵌在月轮边上，与明月交辉，则属幻境。洞庭湖在词人笔下，在朦胧与空蒙中，就这般添了美感增了内涵。

洞庭湖不仅仅四时之景相异，一日之中变化也是万千。白日里阳光铺湖，犹感温暖，至夜幕四合，轻风拂来，便觉微微寒意。月华轻洒湖面，星影参差错落，随波上下浮动。湖畔的橘林经过秋霜的覆盖，颗颗橘子已然熟透，红彤彤的好似元宵节中家家户户于门前挂的彩灯。

在实景中插入传说，当属本词的亮点。置身于明明灭灭的洞庭湖中，词人不禁想到千里之外岭南的罗浮山。"罗浮山下，有路暗相连"，借用谢灵运梦中说洞庭湖与罗浮山暗自相连之意，以表达词人对仙境的向往，且又与君山的神话相映，实有一石惊二鸟之妙。

　　本词在真真幻幻、虚虚实实中，勾勒出的洞庭湖旖旎壮阔，又不失梦幻奇丽，在繁腻的花间词中，确为一篇清丽之作。

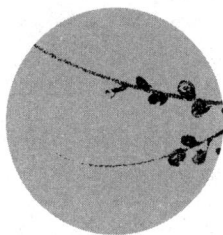

有情处处
皆风景

南国风光，浓浓红豆情

——欧阳炯《南乡子·路入南中》

　　路入南中①，桄榔叶暗蓼花红②。两岸人家微雨后，

收红豆，树底纤纤抬素手。

【注释】

①南中：犹言南国。

②桄榔：南方一种常绿乔木，棕榈树的一种，树干高大。

【花笺沁香】

宋太祖乾德三年（公元965年），欧阳炯曾跟从孟昶降宋，时任翰林学士。后因开宝年间，岭南平定，欧阳炯于南海任职，故有多首反映南国风光之作。此为其中一首，清新澄碧，恬淡逸静，却不乏深情，实为绮罗香泽的花间词带来一股清新气息。

桄榔为南方特有的高大乔木，形似棕榈，其叶生于茎顶，又因树身高大，故格外醒目。蓼为一种水草，虽北方也有，但以南方居多，故亦为南方特色植被。桄榔配蓼花，虽未真实见到，但这景已在眼前，一是翠碧的绿，一是鲜妍的红；一个高大挺拔，一个小鸟依人，只此两物，便将岭南水乡勾勒出来，实为大手笔。

一场淅淅沥沥的小雨之后，被涤荡过的路面更富一种清新的干净。家家户户手拿箩筐，走过小桥，去岸边采撷红豆。树与树之间，隐隐约约闪现出女子婀娜的身姿与纤纤素手。

这首词本是写实之作，一派南国风光呼之欲出，但因了收红豆之事，便多了一丝婉转的暧昧，正如陈廷焯在《云韶集》中云："好在'收红豆'三字，触物生情，有如此境。"女子伸出纤嫩之手采撷红豆时，心底定是会涌上一丝不易觉察的情愫的。虽与旁的姑娘说说笑笑，兴致高时也会唱几句歌谣，但手中的红豆已嵌入了心上人的身影，相思便如影随形。

诗情配着画意，美景衬着美人，即使从未亲眼看见这番情景，但读罢这首小词，南国的风土人情以及青春的懵懂，都如纤澈的小溪，轻轻迂回至你的脚边。

美不胜收的暮归图

——欧阳炯《南乡子·岸远沙平》

岸远沙平，日斜归路晚霞明①。孔雀自怜金翠尾②，临水③，认得行人惊不起④。

【注释】

①归路：回家的路。

②自怜：自爱。金翠尾：毛色艳丽的尾羽。

③临水：意思是孔雀临水照影。

④惊不起："不惊起"的倒装。

【花笺沁香】

闲暇之时，欧阳炯总是会随处走走。去哪里并不重要，路中入眼的风景总会抚慰他远离家乡的伤痛，总会让他泛起波澜的心湖，渐渐归于平静。

这一天傍晚时分，他来到距住所并不远的地方。悠长的河岸，铺满柔滑的细沙，流水中的鹅卵石在阳光的照射下，熠熠闪光。"岸远沙平"，虽没有一个字提到江水，但"远""平"何尝不是在暗示水流之绵长、平静。

词人伫立凝望，目光掠过河流、掠过沙岸，看到斜斜挂于远山之上的夕阳把晚霞晕染得富有层次感与鲜亮感。曲折的小路顺着蜿蜒的河流延伸而去。"日斜归路晚霞明"虽是轻描淡写，但一个暮归的游子形象已然若隐若现，而短短的两句话，好似一幅意境别致、光影柔和的暮归图在读者眼前慢慢延展，美不胜收。

动静结合，是诗词文人常用的方式，在起伏错落的动静描绘中，总是收到跌宕有致的效果。远岸、沙滩、夕阳、晚霞、小路，渲染的是一派静谧之景，而后两句则侧重孔雀的动态刻画。

孔雀是南方特有的珍禽，其美自古便为人称道。它体态修长，毛色绚丽。"孔雀自怜金翠尾，临水，认得行人惊不起"，欧阳炯这般描述。许是倒映在江水中的绚丽晚霞，挑拨起了孔雀的斗艳之心，故而在岸边，它临水顾影，展开五彩缤纷的金翠尾。当词人经过时，它先是一惊，而后看了看，便平静如常，悠闲地在河边散步。俞平伯评价结尾句式说："读'惊'字略断，句法曲折，写孔雀姿态如生。"人禽狎熟的南国，在慌乱的五代十国，果真是和谐、恬然的桃花源。

身在舟中，心飞芭蕉林

——欧阳炯《南乡子·画舸停桡》

画舸停桡①，槿花篱外竹横桥②。水上游人沙上女③，

回顾，笑指芭蕉林里住。

【注释】

①画舸：彩饰的小船。桡（ráo）：船桨。

②槿花：木槿，落叶灌木，有红、白、紫等色花。南方民间多植以为篱，

称为篱槿。

③沙上女：沙滩上的村女。

【花笺沁香】

北方的游子到了南方，总会被小桥流水的精致与细腻所吸引，正如南方的行人到了北方，总会深深迷恋大漠的苍茫与豪迈。

生命的天平，总不会失衡，生活关上一扇门，打开一扇窗。生在战乱时期的欧阳炯，失却了根之所在的故乡，然而南方细润的水土，亦渐渐焐热了他冰凉的心。虽然禁闭的门里的风景时时在骚动，但窗外的青山绿水已然让他如痴如醉。

杨柳低垂，画船系栏，间或有几只白鹭停留，岸边幽静却不死寂，好似一缸米酒，让人忍不住就醉在其中。一户人家的篱笆上，开满了红色、白色、紫色相间的槿花，透过这槿花点缀的篱笆，隐隐约约可看到远处横架着一座竹桥。这由画舸、槿花、篱笆、竹桥连缀起来的江南风景，简单却不失韵味，正如"枯藤老树昏鸦，小桥流水人家，古道西风瘦马"的意境，好像词人不是在写词构思，倒像是作画布局。

美丽的景致，自然会出现美丽的情节。许是小舟上的词人真的醉在了这方净土中，胆子也陡然大了三分，竟问岸边沙滩上一位貌美女子家在哪里。女子回眸之时，嫣然一笑，指向不远处的芭蕉林："我家就住在那片芭蕉林里呀！"

词至此处戛然而止，而女子那清清亮亮的答话声，还在耳边如水波般轻轻回荡，动慑人心。

画船荡漾，春光正好

蘋叶软①，杏花明，画船轻。双浴鸳鸯出渌汀②，棹歌声。

春水无风无浪，春天半雨半晴。红粉相随南浦晚③，几含情。

【注释】

①蘋：植物名，多生于浅水中，茎叶柔软细长，轮生小叶四片。

②汀：水边沙土积成的小平地。

③南浦：南面的水边，这里指送别的地方。《楚辞·九歌》："子交手兮东行，送美人兮南浦。"江淹《别赋》："送君南浦，伤如之何？"

【花笺沁香】

《春光好》是唐教坊曲，按调名本意，写春季赏游时令人流连忘返的美好春光。

早春时节，水中蘋草渐渐长出了脆嫩的新叶，轻柔地漂浮在水面上；岸边的杏花，簇簇团团，红白相间，犹如朝霞那般明艳；春潮水涨，宴游的画船在碧波上轻轻荡漾，好似一夜之间便能渡过万重山。"软""明""轻"三个字看似信手拈来，实则情味悠长。江南独特的婉约韵味，尽在词人勾勒的这幅春水泛舟图中。

倏然间，一对鸳鸯从绿色的沙洲中钻出来，成双成对地在粼粼波光中嬉戏而游，此时画船中也传出了悠扬缥缈的歌声。看着鸳鸯交颈，听闻歌声缭绕，这江南风光恰似一缸尘封了千年的酒，词人一启封便醉了。

在醺醺然中，词人放眼远望，宽阔无垠的水面上风平浪静，水波不兴；天空中时而阴雨蒙蒙，时而晴光一片；云彩也是时而浓厚如磐石，时而轻薄如蝉翼。小桥流水的江南，非但没有因这变幻莫测的天气减少它的魅力，反而在朦胧不定中添了三分神秘。

美景中，总也少不了恋人的身影。也正是因了缠绵悱恻的情意，江南才变得丰饶、饱满。傍晚时分，妩媚的佳人依偎在爱人身旁，他们伫立南浦边，一边看着将要隐没在水中的夕阳，一边悄悄地说着含羞的情话。远远地好像听不到他们在说什么，但女子那脉脉含情的娇态，已是傍晚最美的风景。

俞陛云在《五代词选释》中评价这首词时云："前半写烟波画船，见春光之好；后言浪静风微，乍晴乍雨，确是江南风景，绝好惠崇之图画也。"确实为当允之评。

一人独钓一江秋

——孙光宪《渔歌子·泛流萤》

泛流萤①，明又灭。夜凉水冷东湾阔。风浩浩，笛寥寥，万顷金波澄澈②。

杜若洲③，香郁烈。一声宿雁霜时节。经霅水④，过松江⑤，尽属侬家日月。

【注释】

①流萤：飞行的萤火虫。

②金波：比喻月光遍洒的样子。

③杜若：香草名。

④霅（zhà）水：即霅溪，在今浙江省吴兴县一带。

⑤松江：即吴松江，今江苏吴县一带。

【花笺沁香】

天际中，夜色如瑰蓝宝石，星光点点闪烁。夜幕下，流萤轻舞纷纷，在花草间明明灭灭，给清冷的牧野增添了一些温暖。天气微凉，一江绿水绕山而过，奔去远方寻找方向，在天水交接处汇合，涌成一湾阔浪，继续着日夜不停的旅程。

太湖边的美景吸引了孙光宪，于是他隐逸在这片净土，甘愿做一个"独钓寒江雪"的蓑笠翁。一舟、一帽、一蓑、一竿、一人端坐，独钓江中锦鳞，愿者上钩。

水面上的月亮是阔大而越发明亮的，皎洁的白色清辉洒满江面，如水银铺满琉璃，似宝镜遗落人间。冷风乍起，"万顷金波澄澈"，吹皱了一江碧水，轻荡出缓缓银波。

微风、冷月、静水、清笛，天地间清冷寂寥，唯留词人自己神游其间，思绪忽而上天，纵横苍际，与雄鹰竞飞；忽而入水，潜翔湖底，和鱼儿漫游。这太湖中心的小岛竟长满杜若，随风散发阵阵芬芳，正是词人遍寻不得、梦寐以求之地。乱世中，这滨水之境，竟还能保有这份纯净与安详。古人向往世外隐居、溪边垂钓，皆是对这份安宁温馨生活的向往。若是在这杜若洲上，白日垂钓，夜半放歌，该是怎样的舒适与惬意。

一声鸿雁的哀鸣打断了词人的遐想，回首眼前，中原大地早已动荡不安，战乱不时兴起，朝代频繁更替。盛世中人渴望隐居是对世俗的躲避，心甘情愿为之；乱世中人寻求避世是对灾祸的恐慌，不得已而为之。哪个热血男儿没有身死报家国的宏愿，可天下大乱，报国无门成了最大的无奈，只剩下独守自身的宁静。

"经霅水，过松江，尽属侬家日月。"霅水，曾伴随张志和吟咏《渔父》；松江，是东晋张翰的故乡。沿着这流水前行，追随前人的痕迹，大自然中似乎还有他们的声音在回荡，诉说着渔人的潇洒，"白发沧浪上，全忘是与非""古今多少事，都付笑谈中"，只做一个快乐的渔翁，让那几多愁绪随一江春水向东流去，永不再来。

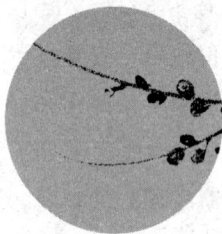

美丽的传说，让人心醉

岁月如斯，人神之爱恋

——皇甫松《天仙子·晴野鹭鸶飞一只》

晴野鹭鸶飞一只[①]，水葓花发秋江碧[②]。刘郎此日别天仙，登绮席[③]，泪珠滴。十二晚峰青历历[④]。

【注释】

①鹭鸶：即白鹭鸟。

②水葓（hóng）：夏秋时节在江边盛开的水草，色以红、白为主，茎中空，故又名空心菜。

③绮席：饯别筵席上华丽的坐具。古人称坐卧铺垫的用具为席。

④十二晚峰：巫山群峰叠起，最著名的有十二峰，常以十二峰代指巫山。

历历：清晰可辨。

【花笺沁香】

仙境与尘世有别，仙境多是完满理想之境，而尘世多是残缺遗憾之界。于现实中寻不到的期许，便去仙境中幻想一番，以抚慰苦不堪言的心灵。

皇甫松虽为唐工部郎中皇甫湜之子，然而到他这一代时家道中落，再加上战乱不断，早年科举失意，屡试不第，未能出仕。世道乱离时，只得辗转于江南各地，以求自保。

然而，命运始终未能给他一个公允的答复。至老年时，他已不问时事，不幻想指点江山、指挥方遒，在一个穷乡僻壤之地隐居不出。

皇甫松去世后，唐昭宗方才追赐其为进士，而这也不过是一个空头支票罢了。如若皇甫松泉下有知，想必对这个迟到的头衔也无甚兴趣。

皇甫松于词中记刘阮之事，是对圆满爱情的追求，亦是对群雄割据、战争频仍的摒弃，更是对自己命运多舛的哀鸣。

碧野晴空中，掠过一只白鹭鸟。白鹭鸟常常是两两相伴，而今却一只单飞，离别之意在词首便初见端倪。绿草丛生的江畔边，开满一簇簇红白相间的水葓花，风吹来之时，袅袅生出幽幽清香。

"刘郎此日别天仙，登绮席，泪珠滴"，于分别筵席之上，即将与天仙神女告别的刘郎早已无心留恋秋日的江边美景，心中万语千言欲言又止，如鲠在喉。当他走得足够远时，才有勇气回头看一眼，仙台不见、爱人不见，只见巫山峰峰青葱，不免怅然若失，诚然如陈廷焯在《词则·别调集》中云："结有远韵，是从'江上数峰青'化出。"

战乱中现实爱情不可得，也只有上山去碰碰运气，或许会像刘阮遇见一场不期而遇的爱情也未可知。然而，遇见了又能怎样呢，终究会碍于身份再次相离。岁月慷慨如斯，允许人神之间有爱，然而却忘了给他们一个善终的结局。

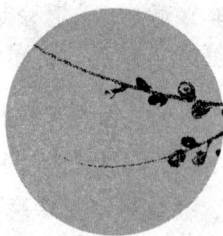

湘妃泪落竹斑斑

——张泌《临江仙·烟收湘渚秋江静》

　　烟收湘渚秋江静，蕉花露泣愁红①。五云双鹤去无踪②。几回魂断，凝望向长空。

　　翠竹暗留珠泪怨③，闲调宝瑟波中。花鬟月鬓绿云重④。古祠深殿，香冷雨和风。

【注释】

①蕉：美人蕉。

②五云双鹤：指仙人所乘的五色瑞云，双双白鹤。

③"翠竹"句：翠竹上留着带怨的珠泪。这里用湘妃的典故。

④花鬟月鬓：鬟如花，鬓似月。

【花笺沁香】

张泌的这首词吟咏的是湘妃故事，哀婉至极，恰如汤显祖《玉茗堂评〈花间集〉》所云："语气委婉，不即不离，水仙之雅调也。"

"烟收湘渚秋江静，蕉花露泣愁红"，首句就充盈着浓密的哀愁与怅惘。黄昏时分，湘江上霭霭的烟絮渐渐消散，余晖洒在阒静的江面上，江水半是瑟瑟半是红。美人蕉枝头的花瓣缀着盈盈清露，好似美人饮泣时，眉间含愁凝怨。

舜帝踏上了渺然不归的路途，娥皇、女英便天天于亭台之上遥望，盼着有一日他会安然无恙朝她们走来。然而几次断魂，几度失望，舜帝依然不见踪影。那一日，二人终于下定决心去寻他。走至扬子江边时，偶遇大风，幸然一位渔夫将她们送上洞庭山。正是在此地，有人告知她们，舜帝已殂，葬于九嶷山下。"舜陟方，死于苍梧。"这是她们听到的最残忍的言语。

"翠竹暗留珠泪怨，闲调宝瑟波中。"《牡丹亭》中的杜丽娘因爱而生，又因爱而死，可见这世间爱是可以穿越生死的。当娥皇、女英在现实中得不到爱情时，便扶竹向九嶷山方向泣望，竹皆泪迹斑斑。而后，两人投湘水而死，化为"湘夫人"，日夜伴着九嶷山下舜帝的灵魂。音乐是最好的传情方式，传情是音乐的目的，湘妃闲弄琴弦时，所有的故事，都化为了一腔哀怨。

恍惚中，张泌好似于江边看到了湘夫人。她如月般的鬓发依然垂于香肩，浓密的乌发也如往常一般绾成如花的髻鬟。词在此时略略显出艳情，但艳而不腻。等他回过神来，才发现湘夫人如风般逝去，只见古祠神殿中，焚香燃尽，风雨凄厉。结尾意犹未尽，使人一再回味。

五代时，爱情难保全，纵然是小心翼翼去呵护，也拗不过兵荒马乱的朝代。娥皇、女英的爱情因战乱而葬送，张泌的亦是如此。因亲身体验过，所以旁人的悲剧写到自己的词中，也便有了荡气回肠的哀痛。

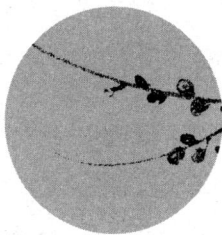

暮云秋影，潇湘苦苦候

——毛文锡《临江仙·暮蝉声尽落斜阳》

暮蝉声尽落斜阳，银蟾影挂潇湘①。黄陵庙侧水茫茫②。楚江红树，烟雨隔高唐③。

岸泊渔灯风飐碎④，白蘋远散浓香。灵娥鼓瑟韵清商⑤。朱弦凄切，云散碧天长。

【注释】

①银蟾：代指月亮。

②黄陵庙：今湖南湘潭附近。《通典》："湘阴县有地名黄陵，即虞舜二妃所葬。"

③高唐：宋玉《高唐赋》李善注："《汉书》注曰：云梦中高唐之台，此赋盖假设其事，风谏淫惑也。"楚国台观名。

④飐（zhǎn）：风吹颤动。

⑤灵娥：即湘灵。湘灵即湘妃，即尧之二女、舜之二妃。《楚辞·九歌》中的湘君、湘夫人就是指此二人。

【花笺沁香】

从日暮至月出，并不太长的时间间隔，却深深嵌进了词人苦苦寻觅而不得的迷惘。血色残阳中，蝉鸣聒噪如许，一声声穿过枝丫间的缝隙，穿过夕阳沉重的余晖，直直地往云霄处去，执着、热切，好似使出了生命全部的力量，霎时间便把黄昏攻陷了。然而，蝉鸣越是强劲，越显得洞庭湖静寂。当蝉的啼叫渐渐熄灭时，上弦月便悄悄从水中升起。如琥珀一般的月华洒在湖面上，粼粼波光随着水的流动而闪烁不定。

洞庭湖烟波浩渺，黄陵庙边的江水卷起阵阵涛声，犹如娥皇女英追寻不到舜帝时痛楚的呜咽。楚地层林尽染，红树参差笼罩在茫茫烟雨中，这如纱般淅淅沥沥下不停的雨，隔断了高台下的迷梦。娥皇、女英追夫未果，楚襄王梦中的巫山神女又寻至不见，正像词人徒劳的追索一般。而那滔滔江水、朦胧烟雨、葱茏红树构筑起的画面，壮丽而略带忧伤，缭绕着诗情画意的哀愁。

江上帆影点点，渔船的灯影被江水摇碎，在风的拂动下，颤颤巍巍，忽明忽暗。白蘋花也随风舞动，将浓而不腻的香远远地散播开来。此时广阔的天水之间，飘来轻扬、凄清的旋律。追寻者欣喜不已，左顾右盼，然而曲终人不见，只留下"云散碧天长"的寂寥景致。云消雾散、夜空辽阔，好像什么都不曾发生过一般。

在花间词中，此类题材的词作不在少数，但多半辞藻浓艳，词境难免缥缈、玄空。而这首词将词人自己的情感融于其中，化虚为实，使整体词风空灵、清越而又不失真实感。

萧史弄玉，双宿双飞

——牛希济《临江仙·渭阙宫城秦树凋》

渭阙宫城秦树凋[1]，玉楼独上无憀。含情不语自吹箫，调清和恨[2]，天路逐风飘。

何事乘龙人忽降，似知深意相招。三清携手路非遥[3]，世间屏障，彩笔画娇饶。

【注释】

①渭阙宫城：秦代宫城，因地近渭水，故称。

②调清和恨：曲调凄清含着怨恨。

③三清：指仙人所居之玉清、上清、太清。

【花笺沁香】

牛希济的祖辈皆在朝中为官，本可无忧享用祖荫，却生逢乱世，年少之时便遇丧乱，不得不流于蜀，依峤而居。漂泊途中，感慨世事乱离，不禁悲从中来，故而将古时完满的传说写进词中，以表白自己对美好生活的向往。

弄玉为春秋五霸之一秦穆公之女，少时便聪颖敏慧，善吹笙，深得秦穆公的宠爱。因此，秦穆公命人用璞玉为她雕了一把玉笙，且为她建造凤楼，凤楼之前再搭高台，名为凤台。自此，弄玉在凤楼中日夜与笙声做伴。"渭阙宫城秦树凋，玉楼独上无憀"，待弄玉及笄之年，秦穆公为其挑选夫婿，却无一人能合她的心意。她只得一人在凤楼之上，孤独而落寞。也算得上冥冥中的缘分，萧史善于吹箫，箫声如慕如诉，丝丝缕缕深入弄玉心底。及至两人结为连理之后，白日里弄玉便跟随萧史学吹箫，夜中两人笙箫相合，天籁之声中自有一种浓得化不开的柔情蜜意。

"何事乘龙人忽降，似知深意相招"，如丝绸般润华绵密的日子一过数年，一日夜晚，两人站于凤台之上，向着穹空吹奏，不料招来一龙一凤。萧史乃带上玉箫跨上金龙，弄玉便带着玉笙乘上彩凤。龙凤腾空而起，双双升空而去。自此，萧史弄玉的传说便荡漾在历史的碧波中，引得世人一再感叹。

牛希济吟咏二人之事，不单单是艳羡他们绝世无双、毫无缺憾的爱情，更是对比当下自身的落魄与尘世的乱离。萧史弄玉乘龙凤而去，但牛希济却只得在愈来愈荒凉的人间流浪徘徊。他的初衷是想躲进前人编织的谎言中，避一避乱世的。殊不知，从传说旖旎的梦中醒来时，会淋到一场更大的雨。

蝴蝶双飞，生死相随

——孙光宪《玉胡蝶·春欲尽》

春欲尽，景仍长①，满园花正黄。粉翅两悠飏，翩翩过短墙。

鲜飙暖②，牵游伴，飞去立残芳。无语对萧娘③，舞衫沉麝香④。

【注释】

①景仍长：意思是景色仍然美好。长：善。

②鲜飙：春风。

③萧娘：指代少女。

④沉麝：香料名，沉香和麝香。

【花笺沁香】

在爱中，欢愉总是与忧伤毗邻，如若懂得那些丰饶的暖，也便能承受那些蚀骨的寒。如若知晓，爱如蝴蝶，飞不过沧海，也会变得宽容，为爱而殇何尝不是一种无言的美。

最是春日，少不了蝴蝶的身影。那薄如轻纱的翅膀轻轻扇动，随着清风荡漾在花丛间，也偶有任性的蝴蝶，和同伴一起，翩然穿过低矮的围墙，去看一看外面的世界。

五月的风，有着春日的暖意，又有一丝夏日的热情，摇曳在繁花间，似乎满院也盛不下这丰盛的香味。蝴蝶时而落在花瓣上，时而和游伴相依相飞，围绕在少女身边。这看似寻常的春景，却偏偏惹动了少女的春情。蝴蝶那盈盈起舞的双翅，恰似自己美丽飘香的罗裙啊，为何自然界的春日将要过去，心怀里的春日还未绽放呢？霎时间，这流芳恣意的美景，成了最残酷的冬日。她默默无语，只是失神地看着蝴蝶妙曼的舞姿。

"无语对萧娘，舞衫沉麝香"，像是一帧夕阳晚景，余晖脉脉照着江水，半是瑟瑟半是红。哀伤，却不疼痛，只觉一种静默的美感充盈心中。蝴蝶双双，少女低吟，衣衫尽落沉香和麝香，那是豆蔻年华的浪漫与缱绻。

"化蝶而飞"的故事人人皆知，祝英台与梁山伯的爱情得不到家人的认可，便如一则小舟在浅水处搁了浅。祝英台别嫁马文才，梁山伯便悒郁而死。在祝英台出嫁那一日，经过他的坟冢时，天色大变，风雨大作，山崩地裂，只见她从容地从花轿中走出，墓为她开启，她纵身跃进墓中，毫不迟疑。继而，墓地中飞来两只蝴蝶，世人皆云，它们是祝英台与梁山伯的化身。

孙光宪许因了这化蝶而飞、生死相随的故事而感动，便也让蝴蝶飞入自己的诗词中。然而，这如蝴蝶般的美梦，也只是传说而已。这荡气回肠的梦，终究没有根植于现实的土壤中。故而，醒来之时，愈是绝美的，反而愈伤心怀。

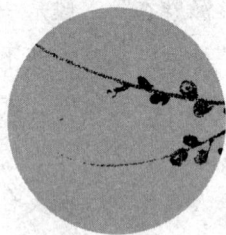

解佩与你，要永远记得我

——牛希济《临江仙·柳带摇风汉水滨》

柳带摇风汉水滨，平芜两岸争匀。鸳鸯对浴浪痕新。弄珠游女^①，微笑自含春。

轻步暗移蝉鬓动，罗裙风惹轻尘。水精宫殿岂无因^②。空劳纤手^③，解佩赠情人。

【注释】

①弄珠游女：用《列仙传》中江妃二女逢郑交甫，解佩玉赠送之事。

②水精宫殿：神女所居之处。

③空劳纤手：徒劳纤纤素手。因相传人与神道不可相通，故曰"空劳"。

【花笺沁香】

据汉时刘向《列仙传·江妃二女》记载：春秋之时，郑国大夫郑交甫游汉江时，偶遇两位貌美的女子，两人皆穿华丽的服饰，且腰间佩戴着两颗明珠。多情的郑交甫甚为欢悦，并不知她们为仙人。故而下车请二女解其佩，郑交甫不仅有许仙式的呆气，竟然还有许仙的运气，两位女子真的解下玉佩送给了他。他喜不自禁，"悦受，而怀之中当心"。然而如此小心翼翼也只落得空欢喜一场，大约行了数十步，回头望二女，不见其踪影，惊愕之余再视怀中之佩，佩亦无所见。怅然之际，方才悟到二女为汉水女神。

牛希济的这首词则吟咏汉女解佩之事。

汉水之滨，婀娜的柳枝在风中好似风中的飘带，在岸边划下一道又一道轻柔的弧线。两岸江草郁郁青青，各占一半春。一对鸳鸯在水中交颈而游，双双溅起细碎的水花，微波叠起。弄珠的游女眉目传情，微笑中流淌着少女的旖旎春心。

人神本是相隔的，而此时汉水女神却似凡间女子，一颔首、一转身、一侧身时皆是羞赧之状，一颦一笑，尽是暖意荡漾。她弱柳扶风，迈步时自有一种盈盈之风，头上蝉鬓亦跟着轻轻摇曳。莲步轻移，罗裙微动，不经意间惹得细细尘埃也追随其后。

然而，水晶宫中玲珑剔透，不食人间烟火，终究容不得与她相恋。只是她用纤纤玉手解下玉佩，放入他手心时的淡淡回忆，留下了些许清香。

爱本无界，人神却有别，故而爱的路上，多了些许曲折与焦灼。然而谁又能否认，这诸多波澜，正是深情的体现呢？五代时人嗜爱，却从不贪婪。他们甚至不求一生一世，只愿解佩相赠之后，历经千水万山，你依然记得我。

风云寂变，拼死为红颜

——牛希济《临江仙·江绕黄陵春庙闲》

江绕黄陵春庙闲[1]，娇莺独语关关[2]。满庭重叠绿苔班。阴云无事，四散自归山。

箫鼓声稀香烬冷，月娥敛尽弯环[3]。风流皆道胜人间。须知狂客，拼死为红颜。

【注释】

①江绕黄陵：即黄陵庙。

②关关：鸟鸣之声。

③月娥：月亮。

【花笺沁香】

　　黄陵庙立于湘水一侧，是为湘妃而立。湘水绕过黄陵庙向远处流去，悠悠不尽，像是湘妃的泪水，又像是湘妃的愁绪。"鸟鸣山更幽"，此地除了黄鹂的鸣叫，再听不到任何声响，整个黄陵庙陷入一片阒静中。绿苔层层叠叠，闲云悠闲飘荡，四处闲散着自归山里。上阕营造的如履浮云的意境，为娥皇、女英的显现做足了文章。

　　下阕即二妃投江之事。两人溺于湘水后，箫鼓声渐渐稀疏，焚香渐渐冷却。"生命诚可贵，爱情价更高"，湘灵爱情至上，以生命为代价，幻化出一段人间风流佳话。须知如屈原一般的才子，亦用饱含真情的笔墨为其书写文章。

　　湘妃化为神后，每次现身都尽显惆怅，屈原《九歌·湘夫人》便专为娥皇、女英而作。"帝子降兮北渚，目眇眇兮愁予。袅袅兮秋风，洞庭波兮木叶下。"屈原是懂得二妃的深情的，在诗中他自诩湘君，且借香草美人之意，代他追思、悼念。

　　"须知狂客，拼死为红颜"，结句最为痴狂，贺裳于《皱水轩词筌》中云："牛希济'黄陵庙'曰：'风流皆道胜人间。须知狂客，拼死为红颜。'抑或狂惑也。然词则妙矣。"诚然如是。

　　情至深处，以死句读。传说是从旁人口中说出的，而娥皇、女英却只能在深夜，将失去夫婿的痛楚化为丝丝缕缕回忆。回忆愈是鲜妍，心则愈残缺。纵然甘愿喝下孟婆汤，忘了今生，然而还有来世。

往事思悠悠，云雨朝还暮

——李珣《巫山一段云·古庙依青嶂》

古庙依青嶂①，行宫枕碧流②。水声山色锁妆楼③，往事思悠悠。

云雨朝还暮④，烟花春复秋⑤。啼猿何必近孤舟，行客自多愁。

【注释】

①古庙：指巫山神女的庙宇。青嶂：草木丛生，高耸入云的山峰。

②行宫：古代天子出行时住的宫室。这里指楚王的细腰宫。

③妆楼：指宫女的住处。

④云雨朝还暮：宋玉《高唐赋》中说：楚王梦一神女，自称"妾旦为朝云，暮为行雨，朝朝暮暮，阳台之下"。

⑤烟花：泛指自然界艳丽的景物。

美丽的传说，
让人心醉

【花笺沁香】

《历代词人考略》中曾经这样评价李珣的词风："李秀才词，清疏之笔，下开北宋人体格。五代人词，大都奇艳如古蔷绵；惟李德润词，有以清胜者。"李珣的词乍看之下清清淡淡，像雨后的竹林，清新中透着凉意，再三品味，又觉有淡淡忧伤萦绕心头。

这首《巫山一段云》，像一支朗朗上口的歌谣，诉说浓浓的历史沧桑。巫山神女祠和楚王的细腰宫，依山傍水，镶嵌在重峦叠嶂之中，定是风光绮丽，美不胜收。可这青山绿水的好住处，虽然日日笙歌，夜夜宴饮，宫女们脸上依然布满愁容，华丽的宫殿里，不知落下了多少伤心的泪水。这细腰宫，既是楚灵王的行宫，也是她们的监牢啊。

一想到这些，词人的愁闷越发深沉。宋玉在《高唐赋》中说，楚王做梦时梦到一位神女，这位神女对楚王说自己"旦为朝云，暮为行雨，朝朝暮暮，阳台之下"，后楚王临幸了这位神女。朝暮间人聚人散，国兴国亡，在历史中也不过如沧海一粟。

望着这环绕的美景，词人长吁一口气，思索：这样的美景年复一年，几经轮回，何曾真正衰败过。历史不也是这样经历着轮回吗？有盛必有衰，衰而后盛，永恒的太平盛世要去哪里寻找，贤明的君主又如何绵延不绝？浩瀚历史尚且如此，芸芸众生自不必说。

小舟还在缓缓地向前行驶，从朝阳的温暖中离开，朝着那如血的夕阳驶去。词人站在船头，在微微起伏中望着远方，这样的漂泊，不知还要持续多久。正感绝望之时，只听得远处深山中传来猿啼。漂泊在这绵长蜿蜒的巫峡之中，词人还没来得及为自己、为苍生苦闷落泪，猿啼就穿过山岭的阻隔传到了他的耳中，怎不惹人泪水决堤而下。

——人生苦短，芳华易逝——

心无栖息地，落叶须归根

人人尽说江南好，游人只合江南老①。春水碧于天，画船听雨眠。

垆边人似月②，皓腕凝霜雪③。未老莫还乡，还乡须断肠。

【注释】

①合：应当。

②垆边人：指卖酒的女子。垆，古代酒店里放酒瓮的土台。

③皓腕：白皙的手腕。凝霜雪：比喻手腕白得像凝结了一层霜雪一样。

【花笺沁香】

在所有漂泊他乡的游子内心，或许都有那么一处，但凡触及就隐隐作痛，便是故乡。

韦庄的故乡本在中原，但因当时五代烽烟四起，战乱纷纷，中原板荡，又恰逢黄巢攻占长安，便与家人离散。故而，不是他不愿归乡，而是当时时势不佳，战乱中的故乡想必已不是原来的样子，倘若归去，眼前也必是满目疮痍、物是人非，岂不令人潸然泪下？

与家人失散后，韦庄逃至洛阳，后流落江南，也就是他笔下那个"人人尽说好"的地方。"人人尽说江南好"，江南之美是世人共识。上有天堂，下有苏杭。这片有着如画美景的繁华地，或许就是世人所期望的终老之所吧。但纵然江南好风景，远离故土、留居他乡也绝非人之所愿，然而漂泊是游子们的生活方式，韦庄也逃不过这样的命运。

他漂泊在江南，看到的是缓缓而流的春水，是当垆卖酒的女子那如霜雪一般洁白的手腕，还有她那皎洁如明月般的脸庞。他时常在烟雨朦胧之际，在湖上的画船里，枕着春风细雨入眠。纵然江南再美，他却希望这只是自己的一座驿站，休憩过后，他终究要回到故乡。在"未老莫还乡，还乡须断肠"这短短十字中，虽然他表面上说江南之地繁花似锦，要趁年轻之际好好游玩享受，十足地潇洒豁达，但个中却饱含漂泊之人的辛酸和无奈。

韦庄离开江南后，也没有机会回到故乡，而是辗转去了蜀地。落叶而未能归根，这种遗憾，终究是再也无法弥补了。相思而不得，不如不相思。男女之情如此，思乡之情又何尝不是呢？

云牵游子意，他乡非故乡

如今却忆江南乐，当时年少春衫薄。骑马倚斜桥，满楼红袖招^①。

翠屏金屈曲^②，醉入花丛宿^③。此度见花枝^④，白头誓不归。

【注释】

①红袖：指代少女。

②翠屏：镶有翡翠的屏风。金屈曲：屏风的折叠处反射着金光。

③花丛：指代游冶处的艳丽境界。

④花枝：比喻所钟爱的女子。

【花笺沁香】

曾几何时，我们都向往和迷恋山那边、海那边的城市和风景，希望自己能长出一对翅膀，跟随天上云雀远飞，去远方追寻自己的梦想。但等到时光流逝，年华老去，心底最留恋和不舍的，还是故乡那一方净土。

人生是由一段一段旅程串联起来的，总以为路有尽头，却在转弯处猛然发现，下一段路已铺展开来，由不得你不走。韦庄亦曾以为结束江南流浪的日子，便可回归中原，无奈公元 907 年，又逢朱温篡唐。于公元 925 年，王建建立前蜀，任命韦庄为宰相，自此他再也没有回到故乡。

寄身于蜀地，当年的江南之游，亦成了一段抹不去的回忆，归乡则更成了不能实现的奢望。当时正值年少，衣衫飘飘，风度翩翩，骑马而游，斜倚栏桥，红楼中美女如云妖媚婀娜，词人醉卧花丛与之共逍遥，何其快活。然而，乐事虽多，却依然没能战胜词人归乡之心，他依然心系家乡，故而才有"如今却忆江南乐"之感叹。

而今家乡已不得返，江南乐事也成云烟，便于极其悲苦之时，做出决绝之语：不再做还乡之想，当真白头于此，正如杜甫关注朝廷却不受重用，发出"唐尧真自圣，野老复何知"的感慨一般。自此，他终身仕蜀，最后病逝于蜀地，与故乡隔了千山万水，七十五岁时卒于成都。

人生路上，出发与到达之间，唯有灵魂短暂的借住处却很难找到长久的"归宿"。只要活着，就要一直在路上。不管情愿与否，每一个人都注定是匆匆出发又匆匆到达的旅人。只是这途中会有大大小小的站台不停地停靠，又失望地离开，总觉得下一站就是终点，下一站就是永远。但是稍作停留后又发觉，或是不肯放心去依靠，或是留宿人不肯收留。于是，天亮之后，背上行李重新启程。

　　如此反复，永无归期。

时光易损，何不在酒中沉醉

劝君今夜须沉醉，尊前莫话明朝事。珍重主人心，酒深情亦深①。

须愁春漏短②，莫诉金杯满③。遇酒且呵呵④，人生能几何。

【注释】

①酒深：酒深之时，此时往往百感交集。

②春漏：代指春夜。

③莫诉：莫说、莫嫌。

④呵呵：本为象声词，形容笑的声音，这里指笑。

【花笺沁香】

　　古人似比今人更介意时光荏苒，故一再吟诗作歌，唯愿时光慢一点，再慢一点。故而孔子站在水边感叹"逝者如斯夫，不舍昼夜"；庄子以"白驹过隙"来比喻人生短暂，《诗经·曹风·蜉蝣》唱出了生命的短暂与脆弱。

　　花间派词人处于兵荒马乱的五代十国时期，对时光易逝、命运无常有更深的体会，虽在《花间集》中有较少反映，但如若仔细翻寻，亦会发现吟咏时光的词作，在词集的角落，编织着自己的王国，显出别致的格调。韦庄这首《菩萨蛮》便是典型之作。

　　唐代诗人罗隐在十次考进士不中后，自感人生无望，前途渺茫，时不待人，便写下《自遣》诗："今朝有酒今朝醉，明日愁来明日愁。"时局风雨飘摇，韦庄也是四处流离，一生在苍茫漂泊中度过，故而他也说人生能几何，何不在酒中沉醉，酒中情意深，明日之事未可知，当下行乐最要紧。李白说得好："人生得意须尽欢，莫使金樽空对月。"醒，是一生；醉，亦一生。醒时不能济世，愁时也不能自救，于是一杯酒，一声笑，便洒脱地在醉梦中寻找人生的酣畅淋漓。

　　苏轼亦有韶光易逝之感，故而面对滚滚东流的江水，面对古时的赤壁战场，发出"寄蜉蝣于天地，渺沧海之一粟，哀吾生之须臾，羡长江之无穷"的喟叹。一切尽在，而英雄已消失无踪。光阴从来都是趾高气扬地走向亘古，从不会对任何人任何事客气。

　　古今多少事，所有的惆怅，都不过是因为"盛年不再"。人生常常感叹青春只有一次，但是人生，又何尝不是呢？

历史的车轮不停歇

——薛昭蕴《浣溪沙·倾国倾城恨有余》

倾国倾城恨有余，几多红泪泣姑苏①，倚风凝睇雪肌肤②。

吴主山河空落日，越王宫殿半平芜，藕花菱蔓满重湖③。

【注释】

①姑苏：山名，今苏州市西南，亦作苏州的别称。

②凝睇：凝聚目光而视。这里是微微斜视而又含情的意思。雪肌肤：肌肤白嫩、细腻而润滑。《庄子》："肌肤若冰雪。"

③菱蔓（wàn）：菱角的藤子。重湖：湖泊一个挨一个地连在一起。

【花笺沁香】

倾国倾城又能如何。犹记得那一日告别双亲时，西施泣涕涟涟。从一开始她便知晓，她身后是数以万计的百姓，是一个等待报仇的国家。她被送给夫差后，夫差果然大喜。夫差虽好美色，却独爱西施，为她建造春宵宫，筑大池、馆娃阁。于姑苏台上，夫差日日欢歌宴饮，西施只能强颜欢笑，博君王欢心。虽有万千宠爱于一身，但于西施而言，这并非真正的快乐。宴饮后，歌舞罢，她孤身一人站在那姑苏台上，寂寞无依，只能暗暗垂泪。

所有女人都想拥有像她一样的美貌，她却只恨这容貌毁了她一生。多少个夜晚，她因为思念家乡而不能入睡，披着薄薄的衣裙站在寒风中凝望故乡，肤白胜雪，可又有谁来疼惜，满心的苦闷，又有谁来倾听？这样一个绝美的女子，演绎了古代历史上一段凄冷的故事。只不过，大多数人只记住了吴越相争的征战伐戮，却不关心那个无辜女子的喜怒哀乐。

功成名就也罢，碌碌无为也罢，最终还不是都消失在历史的长河之中，谁也不能阻止历史的车轮向前行驶，至于这车轮下有多少人丧了命，也无人过问。一切都会过去，在历史面前，个人的成就实在太过渺小。

夫差让勾践喂马看墓也好，勾践一举灭吴、雪洗耻辱也罢，看看现在的山河，哪里还有半点他们的踪迹？兴衰成败都成了过眼云烟，实实在在的，只有那红荷绿菱，一层盖过一层地铺满了整个湖面，年复一年地宣告着春去夏来。

穿过历史的烽烟，在那姑苏台上，西施泪水涟涟，为着自己的身世命运暗自伤神。她可曾知道，千百年后，有一位词人能真正读懂她的不幸。只叹美人韵事，转眼成空，纵有人怜惜又有何用？

冷雪漫漫，角声呜咽

——牛峤《定西番·紫塞月明千里》

紫塞月明千里[①]，金甲冷，戍楼寒，梦长安。

乡思望中天阔，漏残星亦残。画角数声呜咽[②]，雪漫漫。

【注释】

①紫塞：长城。泛指北方边塞。

②画角：古乐器名，因其外有彩绘，故称。后来军中多用以报昏晓，振士气。

【花笺沁香】

世人都说乱世出英雄，然而五代处于唐朝与宋朝的夹缝中，纵然是英雄也会一不留神掉进死亡深渊，更何况是手无缚鸡之力的一介文人呢？牛峤忧国心切，却是生不逢时。只得于寂寂黑夜，用一支笔蘸着时代的晦暗，蘸着自己的泪痕，写下这首《定西番》，以祭奠从未实现过的理想。

一天征战之后，又是夜幕降临时分，月亮不知何时已挂在苍穹上，照着万里长城。"紫塞"即为长城，崔豹于《古今注》云："秦筑长城，土色皆紫，汉塞亦然，故称紫塞焉。"平原、山丘，甚至凹地，在月华浸染下，尽是明晃晃的，然而"月是故乡明"，想必家中的月亮更圆更亮吧！北国早寒，刚刚入冬，至夜间铠甲便格外冰凉，不抵风寒。不知不觉间，词人竟迷迷糊糊睡着了，睡梦中长安繁华如初，街灯通明，好一派人间胜景。

夜间漏断声滴滴答答，搅乱了暖意盎然的美梦，醒来时念家之思再起。抬头仰望天空，只觉辽阔渺茫，残夜正悄悄流逝，星星也渐渐黯淡。"乡思望中天阔，漏残星亦残"，词作甚忌重字，而此句却有两个"残"，非但不显拖沓，反而更具悲情，颇得宋代词人周邦彦的赏识，被他化用，写于《浪淘沙慢》中："情切，望中地远天阔。向露冷风清无人处，耿耿寒漏咽。"凛冽之风夹着片片飞雪簌簌而来，似要将浓浓的相思覆盖，却不料欲盖弥彰，戍楼之间回荡的画角声，又出卖了士兵的悲伤。

俞陛云在《五代词选释》中云："唐五代时，边患迄无宁岁。诗人边塞之作，辄为思妇、征夫写其哀怨。夜月黄沙，角声悲奏，最易动战士之怀。……此词之'紫塞月明''角声呜咽'，亦同此意也。"徐士俊亦将这首词称为"盛唐诸公塞下曲"。

222

琵琶声依依，往事已成风

捍拨双盘金凤①，蝉鬓玉钗摇动。画堂前，人不语，弦解语。弹到昭君怨处②，翠蛾愁，不回头。

【注释】

①捍拨：弹拨乐器上的饰物，用来防护琴身，以免弹拨时磨坏其处。

②昭君怨：琵琶曲名。

【花笺沁香】

那一日，百无聊赖的牛峤，再次走入熟悉的青楼，聊以解闷。走至门口时，便被簇拥着进了绣凤雕鸾的雅间。坐定之后，歌女额贴蕊黄、鬓插翡翠、唇点檀脂、眉画青黛，三三两两走出，跳起婀娜摄人的舞蹈，长袖交织，收放自如，甚为销魂。此时一个与她们打扮稍稍不同，但同样精致的女子，抱着琵琶穿过纷繁的长廊，在画堂前坐定。

纤纤素手轻触琵琶，骚动的人群霎时安静下来，只见她轻拢慢捻抹复挑，每一声都是一个转折，每一个转折都藏匿着难言的心事。周遭鸦雀无声，只有琵琶声在席间穿梭流转。她的指法堪比《琵琶行》中的女子，"大弦嘈嘈如急雨，小弦切切如私语。嘈嘈切切错杂弹，大珠小珠落玉盘"。听众在这婉转多思的琵琶声中，悄无声息地沉迷。琵琶声代她说着她的悠悠情思，而听者亦在这波澜起伏的琵琶声中，听懂了琵琶女未曾说出的身世和幽怨。

弹者有情，听者有意。女子许是因了家境，不得已靠卖声色求生，生得花容月貌，却无曾得到一个懂得她的好的人。而画堂前听琵琶之人，许是因了怀才不遇，不得不四处奔波，与亲人隔了山又隔了水。牛峤生逢乱世，流落吴越、巴蜀之地，生活动荡不堪。故而心中自有一番不满，眼看双鬓泛白，却一事无成，听到这一曲琵琶，不由得湿了青衫。"弹到昭君怨处，翠蛾愁，不回头"，此时已弹至高潮，弦中有情，情中是怨，是恨，《昭君怨》这一曲还未弹毕，她已双眉低蹙，默默无语。抑制不住的情感欲要喷涌，四处更是阒静无声，不禁让人想道："东船西舫悄无言，唯见江心秋月白。"琵琶是身外之物，亦是心灵之伴。时光的隧道中，琵琶声依然悠扬动听，而那些往事，却早已成风。

昔日繁华，今日萧条

—— 毛文锡《柳含烟·隋堤柳》

隋堤柳，汴河春①。夹岸绿阴千里，龙舟凤舸木兰香，锦帆张。

因梦江南春景好，一路流苏羽葆②。笙歌未尽起横流③，锁春愁。

【注释】

①汴河：即汴水，又名通济渠。隋炀帝游江都经此道，今久废。

②流苏：五彩羽毛制成的穗子。羽葆：仪仗中的华盖，用羽毛连缀而成。

③横流：水不顺道而流。此处是说天下大乱。

【花笺沁香】

毛文锡为唐末五代时人，正值时代混乱，兵变四起，国家四面楚歌之时，而在位皇帝面对这触目惊心之势，却平淡如一潭死水，干脆破罐子破摔，扔掉奏章，两耳不闻天下事，只一心一意游乐。毛文锡作为朝中之臣，看在眼中，恨在心里，不禁想起了隋炀帝。

隋炀帝即位后，短短十几年便将其父苦心经营数十年的大隋帝国折腾得摇摇欲坠。为满足其骄奢淫逸的生活，于各地大修宫殿苑囿、离宫别馆，带宫女数千人骑马游西苑，且令宫女演奏《清夜游》曲，弦歌达旦。为饱览江南秀色，他下令开凿大运河，且造龙舟数万艘，带领众多嫔妃浩浩荡荡游江都。以至于隋炀帝准备第三次游江都时，大臣苦苦劝谏："若再纵情游乐，天下恐生变故！"而他却不以为然，直言道："人生自古谁无死，年过半百不为夭。"终于公元 611 年，民众乃至贵族发起大规模的"隋末兵变"，朝廷大乱。618 年，隋炀帝于江都被部下缢杀。

"笙歌未尽起横流，锁春愁。"此所谓"横流"意即天下大乱。盈盈笙曲，袅袅歌舞，只行到一半，就发生了祸乱，天下已是战火四起，民不聊生。如烟的春柳笼罩着千古愁思，悠悠流不尽，一代皇朝就这般被尘土掩埋。毛文锡为隋朝而悲，又何尝不是为当世而伤呢？当年隋朝的荒淫，正是今日唐末的奢侈。

笙歌起时，有些清零却不乏暖意，好似无人的夜晚海面升起鹅黄蛋般的月亮。再加上长袖蛇腰、戴珠插翠女子的舞姿，委实叫人销魂。笙曲本是和睦之乐、健康之乐。然而时光流转，它确实在路中迷失了方向。而今，是该记起最初的美好了。

清角吹寒，大漠孤烟

—— 毛文锡《甘州遍·秋风紧》

秋风紧，平碛雁行低①。阵云齐。萧萧飒飒，边声四起，愁闻戍角与征鼙②。

青冢北③，黑山西④。沙飞聚散无定，往往路人迷。铁衣冷，战马血沾蹄。破蕃奚⑤。凤皇诏下⑥，步步蹑丹梯⑦。

【注释】

①平碛（qì）：无边的沙漠。

②征鼙（pí）：战鼓。

③青冢：王昭君墓。在今内蒙古呼浩特市南郊。

④黑山：又名杀虎山，在今内蒙古和林格尔以北。

⑤蕃奚：西北地区的少数民族。

⑥凤皇诏：皇帝的诏书。

⑦蹑丹梯：意谓得到朝廷的重用，步步高升。

【花笺沁香】

投笔从戎、身披铠甲、战马冰刀，于大漠中扬起千丈风尘，想必是所有男子的梦想。然而，自安史之乱后，唐朝由盛而衰，至晚唐时，庞大的家国已四分五裂，奄奄一息。此时征战更是有去无回，纵然有幸归来，怕那时已是江山易主，家中荒芜。

《花间集》中，并未都是绮丽幽怨、缠绵旖旎的艳情之词，亦充盈着戍守边塞，从军征战之作。虽为数不多，但也自成一道亮丽的风景，在五百首花间词中闪出灼灼之光。这首《甘州遍》笔法豪迈，苍凉中不乏慷慨、悲壮，在香软艳红的花间词中，好似一个站错了队伍的士兵，走上了另一条小径。

公元 922 年，契丹主耶律亿趁中原战乱，无力顾及边境，便全力南侵，进攻幽州、涿州，围堵定州，幸而晋王李存勖亲领五千精兵救定州，次年大破契丹，逐契丹出境。于公元 923 年李存勖建立后唐，两年之后灭掉前蜀。此时毛文锡事前蜀后主王衍，因战败于后唐，故随王衍投降。此词极有可能言李存勖驱契丹之事。

这首《甘州遍》是战争的一个缩影，词中尽是战鼓声、马蹄声、兵戟交接声。激战之后，纵然得以凯旋，受赏封爵，但战士的铠甲已然寒冷似冰，马蹄上血痕累累，喜悦与悲壮交织，胜利与苍凉纠缠，再联想词人所处的时代，更有"一将功成万骨枯"的惨烈意味。

其实，无论是盛世或是末世，征战总无法避免。国家强盛之时，需要巩固边疆；国家衰亡之时，亦要保卫国土。故而，无论盛或衰，边塞的风总会吹白一代又一代戍守大漠的兵士。诚然如张养浩在《山坡羊·潼关怀古》中所说："兴，百姓苦。亡，百姓苦。"

流水无情，往事随风

——欧阳炯《江城子·晚日金陵岸草平》

晚日金陵岸草平①，落霞明，水无情。六代繁华②，暗逐逝波声。空有姑苏台上月③，如西子镜④，照江城⑤。

【注释】

①金陵：古地名，现在的江苏南京。

②六代：指吴、东晋、宋、齐、梁、陈六朝，它们的都城都在金陵。

③姑苏台：春秋时吴王夫差曾在台上建春宵宫，常常通宵宴饮于此。

④西子：即西施。

⑤江城：指金陵。

【花笺沁香】

自然有枯荣，万物有兴衰，四季轮回从来也没有停止过。硝烟战火、帝王美人、爱恨情仇，每一座有故事的城市都少不了这些因素，让行走在其中的路人也每每滞留了脚步。当身如飞絮、命似断蓬的欧阳炯来到充盈着硝烟战火、帝王美人、爱恨情仇的金陵时，便滞留了脚步。

日暮时分，残阳如血，茫茫草野顺着曲折的江岸向天际铺展，浩浩江水也向东方奔去。一句"水无情"满含感慨，江水奔涌的景致固然雄浑，词人见其态势，想到逝者如斯，历史的唱和呼啸而过，怀古忧思被悄然勾起。

胜与败从不是永恒的，囚徒与帝王之间，也并不是牢狱与龙椅的距离。历史的机缘、意志的强弱，谋事与成事间的种种机缘巧合，都可能是一个改变的契机。六代的繁华，都在命运的渡轮中浮浮沉沉，随滔滔江水一去不返。

他伫立江畔，沉思默想，不知不觉间，月亮升起。看着明月悬于姑苏台上一角，想起西施的镜子，不禁又是一番追忆。夫差被西施的美貌与多才倾倒，终日沉溺在温柔乡中不能自拔，歌舞笙箫，芙蓉帐暖，从此荒废国事，日益奢靡。越国复仇而来，吴王已在美人怀中酥了筋骨，吴越之战的胜负也成了定局，西施也落得芳魂无处寄托的结局。月色依旧，清凉的月光照耀着姑苏台，昔日夫差携西施游览至此，何等喧哗热闹，此时也不过是一座寂寞的荒台罢了。

那些惹起感伤情绪的旧事，常常和黄昏有着一样的色彩，或许并不是特别容易就被注意，但一经碰触，就有无边暮色延展开去，令人瞬间心动，发出怀古之思。

江山依旧，过眼成空

——孙光宪《后庭花·石城依旧空江国》

石城依旧空江国①，故宫春色②。七尺青丝芳草绿③，绝世难得。

玉英凋落尽，更何人识，野棠如织。只是教人添怨忆，怅望无极。

【注释】

①石城：石头城。在今江苏省南京西石头山后。

②故宫：南京的陈故宫。

③七尺青丝：据史载，陈后主的贵妃张丽华发长七尺，色黑如漆，其光可鉴。又指张丽华的美色。

【花笺沁香】

鲁迅曾说："梦醒了，便无路可走。"醒着的人，最为寂寞，欲要改变，却力不从心。他们或是醉在回忆中，获取些许温存，以暖末世的心；抑或是借前朝灭亡的教训，来敲一敲现世荒淫者的警钟。然而，一切皆是隔靴搔痒罢了。世间本不存在如果，昏君荒淫度日，千里江山俱成灰。

于数人眼中《花间集》不过是淫词小调，殊不知它亦承载了赤子之心的恸哭和悲楚。以前朝天子的昏庸印证现今帝王的奢靡，是词人一贯的做法，却依然挡不住家国日渐衰微之势。孙光宪的《后庭花》当是一篇佳作。

"后庭花"三字，仿若一剂毒药，喝下明明会毒发身亡，然而一代又一代君王却抵挡不住其诱人的魅力，一再以身试法。《后庭花》为唐教坊曲名，因陈后主所作古诗《玉树后庭花》而名之。

世人多云，红颜祸水，往往将整个江山的灭亡，压于一个美貌女子淡薄的肩上。殊不知，女子在世间除却谋生，便是谋爱，她们并不贪婪，亦不想要整座江山。当一国之君的爱来得太过凶猛，想要连江山都双手奉上时，终日要与她们做伴时，她们也只是想俘获面前这个男人的心而已。

张丽华便是这样一个薄命的女子，她生得倾国倾城，绝世难得，据《陈书·张贵妃传》载："张贵妃发长七尺，鬓发如漆，其光可鉴。"故而深得后主喜爱，并为她作《玉树后庭花》。陈后主贪恋美色，荒淫误国，兵临城下时，张丽华亦随之香消玉殒。唯有那遍地的野海棠繁盛如当年。物是人非，沧海桑田，教人徒增伤感。

每一个朝代，都有自己的欢歌与悲歌。盛极而衰是规律、常态，也是一面光照古今、引以为戒的明镜。所有的朝气蓬勃、安于枕乐，到最后都会被历史的车轮滚滚地轧折。盛世的梦想、火树银花不夜天的灿烂、霓裳羽衣舞的华丽，以及那包容的文化、朝贡的宾国，在五代十国时期已成为一枕黄粱，醒来之后，发现都城已然改变，朝代已然更迭，唯有山川江河，万古长新。

人生苦短，
芳华易逝

烟月犹照，不知人事改

　　金锁重门荒苑静^①，绮窗愁对秋空^②。翠华一去寂无踪，玉楼歌吹^③，声断已随风。

　　烟月不知人事改，夜阑还照深宫^④。藕花相向野塘中。暗伤亡国，清露泣香红^⑤。

【注释】

①荒苑：荒废了的皇家园林。苑，古时供帝王游赏狩猎的园林。

②绮窗：饰有彩绘花纹的窗户。

③歌吹：歌唱和演奏音乐的声音。吹，鼓吹，指用鼓、钲、箫、笳等乐器合奏的乐曲。

④夜阑：夜深。

⑤香红：代指藕花。

【花笺沁香】

昔日的宣华苑已悄然无声，被一把金锁紧紧锁住。一扇扇雕凤画龙的绮扇，因人去楼空愈发寂寞。蜀主王衍不禁迷恋美色，终日饮酒，且尤好艳词，曾汇集艳体诗二百篇，结集为《烟花集》。每逢佳节便大摆宴席，席间觥筹交错，杯盘狼藉，唱和不止，时常半夜不散。

"翠华一去寂无踪，玉楼歌吹，声断已随风"，王衍奢侈荒淫人人皆知，营建宫殿、巡游诸郡，耗财耗力，百姓苦不堪言。再加上后宫卖官鬻爵成风，臣僚贿赂成癖，外表富丽堂皇的前蜀实则已成空壳，政治已然腐朽不堪。同光三年（公元925年），后唐庄宗李存勖不费吹灰之力，便攻破蜀国。曾经灯火通明的宫苑楼阁再也没有管弦丝竹之声，再也没有靡靡之音，一切成灰，随风而去。

鹿虔扆作这首词时，心中是有怨恨的。然而他不怨王衍的荒淫，却怨碧蓝穹幕悬挂着的明月。江山已易主，而懵懂的月华仍照深宫。"烟月不知人事改，夜阑还照深宫"，全词之悲在此处升至高潮，晚清词人况周颐在《餐樱庑词话》中云："鹿太保，孟蜀遗臣，坚持雅操。其《临江仙》云：'烟月不知人事改，夜阑还照深宫'含思凄婉，不减李重光'晚凉天净月华开，想得玉楼瑶殿影，空照秦淮'之句。"诚然如是。

如若词于此处结尾，亦不失精绝。然而鹿虔扆自是高手，偏偏在高潮处又添上一笔。结句将池塘中的荷花拟人化，清晨挂于花瓣上的清露，恰似为国亡伤怀而淌出的泪水。绮窗、烟月、藕花皆是词人感情的化身，与词人同悲。正如徐士俊在《古今词统》

中云："花有叹声，史识之矣。"

世间最难挨的绝望，或许不是醉生梦死，而是无梦可梦。词人已看到了时代的尽头，纵然转一个弯，也不会看到柳暗花明。这样深沉的悲恸，若非经历了莫大的苦痛，又怎能轻易体会。

春来又去，游子如飞絮

——李珣《南乡子·烟漠漠》

烟漠漠①，雨凄凄，岸花零落鹧鸪啼。远客扁舟临野渡②，思乡处，潮退水平春色暮。

【注释】

①漠漠：形容烟雾迷蒙的样子。

②临野渡：靠近荒野渡口处。

【花笺沁香】

或许，家根本不是一个确切的概念，不是一个清晰的地方，而是一种脉脉的温情，是一缕在傍晚袅袅升起的炊烟，是一碗热气腾腾的大米粥，是心中最脆弱最柔和的一股暖流，汩汩流遍全身。于是，在异乡异地，看着春色升上枝头，看着邻家妻儿老小欢乐融融，难免悲戚忧伤。

这首《南乡子》开篇即渲染了一幅着墨不多的烟雨蒙蒙的暮春远景图。雨声凄凄，烟霭漠漠，乡思便幽幽地涌上心头，排遣不去。透过轻纱般的雨帘、袅袅而升的雾霭，词人看到两岸的花瓣轻轻飘落，又听到鹧鸪声声叫着"不如归去，不如归去"，怎能不惹人惆怅。"岸花零落鹧鸪啼"，暗花之美、之艳在朦胧烟雨中若隐若现；鹧鸪啼鸣，穿透迷迷水雾，在湿润的空气中回荡，水乡略带哀愁的雨景如一幅淡墨画一般，氤氲而开。

乡愁不仅在暮霭中，在雨声中，在落花中，在鹧鸪声中，更在小舟中。这艘小船带他离开家乡，却无法带他归去，每一个野渡头都是一个驿站，停留片刻，又要启程。此时春色阑珊，潮平水退，又是一年春又去，游子依然如飞絮，流浪世间，找不到归宿。

世人总是频频称颂故乡的清明与美好，却又一再离开。外面世界固然精彩，却又频频回首张望。待到暮年，尝到人生百味，走过千山万水，才知晓，原来最想回到的地方，是不曾回去过的家乡。只在一遍遍翻阅诗书之时，读到与心灵相契合的诗句，方才懂得，青春之时，我们走马观花，而今思乡已成了揭不掉的伤疤。